JN154461

最恐 怪談師決定戦

怪談王

戦慄編

TOブックス

最恐怪談師決定戦
怪談王　戦慄編

もくじ

前書き

山口敏太郎

中日新聞社が主催する「怪談王」は、二〇一六年から始まった山口敏太郎プロデュースによる怪談のトーナメントである。三回目を迎える二〇一八年は、関東大会、関西大会、東海大会という各地区予選を勝ち抜いた猛者達が名古屋で決勝を争う形式でやらせて頂いた。

関西テレビで放送されている「怪談グランプリ」を十年前に立ち上げ、十数年前に「怪談師」という呼称を復興させ、「怪談を語る文化」を一般社会に定着させるべく活動している筆者としては、自らのプロデュース業の総決算と言うべきイベントである。

怪談王の特徴は、格闘技イベントを参考にして怪談を競技化したところにある。

構成・間合い・オチ・表現力・声色・リアリティ・怖さという項目を格闘技のジャッジペーパーのように審査員が評価することにより勝敗を決める新しい競技である。

日本中の怪談師が珠玉の話をぶつけ合う怪談王は、今や新たな分野として世間の注目を集めつつある。

今回、大会で語られた怪談から、よりすぐりの話を集めた本が完成した。言わば、文字で読む怪談王である。じっくりと読んで怪しい世界に浸っていただきたい。

怪談王、それは新しい時代を開く革新の扉である。

二〇一八年、扉は開かれた。

時代に乗り遅れるな、未来は怪談王が作る。

見つけて……

大赤見展彦

僕の父親は元僧侶で、そのためか小さいころから不思議な出来事を数多く体験してきた。昔、コンビニの夜勤バイトを一人でやっていた時、店にずぶ濡れの女性が入ってきてレジの前に立っていた僕に対して「この辺りに、お地蔵さんはありませんか?」と言った。コンビニの近くには、お地蔵さんが五体ほど並んでいる場所があったので、僕がそのことを伝えると女性は店から出ようとした。様子が気になった僕が「何かあったんですか?」と声をかけると、女性は「この辺りに御嬢さんがいまして。暴れていないか気になったんですよ」と言うと、店を出て、すーっと消えていった。僕がずぶ濡れの女性の後を追いかけると外は雨が降っていなかった。

……と、このようなことを何回も体験した僕だが、怖いことは嫌いなので幽霊の存在を認めたくはなかった。しかし、二十年ほど前のある出来事により認めざるを得なくなったのだ。当時、大阪から神奈川に引っ越した僕は数人の仲間を引き連れて毎晩遊び歩いていたのだ。ある日は県内の某海岸に行って仲間たち五、六人で花火遊びを楽しんでいた。いつもは海岸にたむろしているヤンキーや暴走族グループだが、その日は誰もいない。何か嫌な予感がしたが、その晩は大いに遊んだ。ふとお腹が痛くなった僕は、海岸に設置されていた汚い公衆トイレに駆け込んで用を足した。ふとトイレの壁を見ると、「見つけて」という筆で書きなぐったような落書きが目に入った。「見つけてってなんや？」この言葉が僕の頭の中でリフレインする。怖くなった僕は、トイレの部屋から出ようとしてトイレットペーパーを巻き取った。ペーパーを巻き取ると、備え付け台の銀色の蓋がカラカラカラ……、と音を立てる。音に反応して僕が蓋を見ると、そこには女性が僕を覗いている姿が映っていた。映画「呪怨」に出てくる伽耶子という幽霊、あんな感じだ。しかし、幽霊という存在を認めたくなかった僕は気のせいだと考え、後ろを振り返った。そこには誰もいない。やはり気のせいだと思って再び蓋を見ると、女性がさらに近づいている姿が映っていた。いよいよヤバいと思った僕は、急いでお尻を拭くと外に出て、友人たちに事情を説明して「あそこ、幽霊がおるぞ！　ヤバいから行かん方がいいで！」と警告した。すると、友人の一人が試しにトイレの中に入ったのだが、しばらくすると血相を変えて飛び出してきて、当時普及したばかりのカメラ機能付きの携帯電話を僕の目の前に差し出して「……見つけた」と言った。僕も見つけた。それから数年間、僕はその女性の幽霊に悩まされ続けたのだ。その中の一つを紹介しよう。

これは僕が二五歳くらいの時の話だ。当時は各芸能事務所が所属のお笑い芸人に街中でライブのチケットを販売させて、新規のファンを獲得しようとする活動が盛んに行われていた。僕も当時の所属事務所から命じられてチケットを販売していたのだが、そのうちに僕が好みのタイプの女性を見つけた。それから僕は彼女と付き合うことになったのだが、彼女は甲信越地方のとある街に住んでいたので、東京に住んでいた僕とは互いにバスに乗って会いに行くという遠距離恋愛状態だった。

そうした関係が三か月ほど続いた後、彼女から自分の母親に会ってほしいと言われた。僕がなぜかと問うと、彼女の家柄は厳しいので早いうちから僕の素性を伝えたいからだと答えた。僕は納得して彼女の実家に赴いた。実家は郊外にあり本宅とは別に離れのような場所があって、彼女はそこに住んでいた。実家へ行く前に彼女と話していると、彼女のお姉さんが病気になったことをきっかけに、お母さんが霊能力を持つ女性とかかわるようになり、その結果おかしな状態になってしまったと言う。僕はその言葉に違和感を持ったが、大して気にせずに自宅へと向かった。離れに行く前に本宅の窓から中を覗くと、彼女のお母さんとお姉さんらしき二人の女性が何かを拝んでいる。何を拝んでいるか不明だったが、この辺りは土着信仰が伝わる地域だったので、お姉さんの病気を治すために祈りをささげていると僕は考えた。離れの中で紹介された彼女のお母さんは、すごく優しい方で食事も振る舞っていただいた上、実家に泊まることを勧めてこられたので、僕は感謝してそれを受け入れた。僕が彼女と一緒に寝ている時、寝苦しかったので寝返りを打っていると、モゾモゾモゾモゾモゾモゾ……と、何かが近づいていることに気が付いた。僕が前を見ると、そこには彼女のお母さんがいた。不思議だとは思ったが、すでに面識のある方だったので恐怖感はなかった。お母さんの様子を見ると何かをつぶやいている。「……、レロ、レロ、カレロ、カレロ」、よく聞くと、「ワカレロ、ワカレロ」と言っているようだ。(別れろ?)僕は、娘とこんな男を付き合せたくないというお母さんの意志が生霊になったのかと解釈した。朝を迎えたが、昨晩の出来事を彼女に伝えるわけにはいかない。本宅へ朝食を取るために彼女が離れを出ると、僕は離れの中が気になって物色をはじめた。中には二つの部屋があり、一つは僕が寝ていた部屋、奥には田舎の旧家によくある家族代々の写真が飾られている畳敷きの部屋があった。僕がその部屋の中を眺めていると、ある箇所に人の形をした紙が貼られていた。昨日のこともあり薄気味悪さを感じたが、勇気を出して紙をめくると、そこには僕の名前が書いてあった。それを見て、僕はお母さんが霊的な力を使って僕と彼女を別れさせたがっていると考え、彼女の実家を後にしたのだ。

それから三日後、彼女から別れを申し出るメールがあった。実家の件があったので、僕はこのようになることは覚悟していたが、さらに三日後、知らないメールアドレスからの連絡があった。メール文を確認すると連絡は彼女のお母さんからのものので、僕と彼女を別れさせようとしたことを謝罪する内容だった。読み進めていくと、「申し訳ないけど、あなたの後ろには入水自殺した女性の霊が取り憑いている。その霊の念が強すぎるので、娘と付き合せることはできない」という内容が書いてあった。そこで僕はピンときた。その霊とは、神奈川の海岸のトイレで出会った女性の霊だと。それ以前にも僕は不思議な出来事がきっかけで交際相手と別れたことが何度もあった。霊に憑かれたせいで、僕は彼女と別れたのだ。

そんな僕も今では妻子がいる。もしかしたら、お母さんが除霊してくれたのかもしれないと勝手に僕は考えている。

ユタが視た霊

竹内義和

八月のお盆前の時期が来ると、僕は今でもこの話を思い出すことがある。今から十年ほど前の話だ。当時の僕は東京の麻布十番にプロダクションを設立して、知人の漫画家の作品の編集作業を行っていた。忙しい日々だったが、僕は徹夜をしても肉体が疲労しない体質で、今まで肩こりや頭痛を感じたことが無かった。ある日の通勤中、八月なのに肌寒さを感じた僕は事務所で作業を行っていたのだが、肩から脇腹にかけて、ちょうどたすきをかける箇所に何かで押さえつけられたかのような重い痛みを感じた。今まで肩がこるという経験がなかった僕は驚きを感じた。一月ほど前から事務所を出入りしていた沖縄出身の女性は霊感が強く、二十歳のころからユタ（霊能者）を行っていたという。美人だったので、週刊誌の企画にも使わせていただいたのだが、その日、事務所に来ていた彼女は、肩に痛みを感じている僕を見るなり、「どうしたの？」と問う。僕が事情を伝えると、僕が痛みを感じている箇所を正確に言い当ててきた。僕が「タスキをかけているみたいだ」というと、彼女は「それ違うよ、おばあさんの霊が絡みついているんだよ」と言うのだ。おばあさんの霊は僕に絡みついたまま女性の方を見ており、口を動かして何かを言おうとしているが声が聞こえないそうだ。除霊をするには一、二週間ほどかかるというが、忙しい僕にはそんな暇はない。僕に頼まれて女性が簡易的な除霊を行うと、痛みはスーッ、と引いていった。おばあさんの霊が消えたそうだ。

大阪に戻った時に、この話をお袋にすると、途端に顔色を変えて自身の体験を語り出した。お袋が十歳のころ、太平洋戦争が勃発した。怖がりだったお袋は空襲時の灯火管制で家の中の明かりが消えて真っ暗になる光景が嫌で、童謡の「ふるさと」を唄いながら妹と一緒に母親の帰りを待っていた。二十時ごろ、街灯もない暗い街の中に、ぽつりと明かりが見える。お袋がそちらを見つめると、明かりの正体は一人の女性だった。女性はカタカタカタカタカタ……、と下駄を鳴らしながらお袋に近づいてくる。近づいてくるにつれ、ひっつめの髪、青白い顔、黒い着物と容姿が露わになってくる。胸元を見ると、腕に白い風呂敷で包んだ長方形の箱を抱えている。女性はカタカタカタカタ……、と下駄の音を鳴らしながら、通り過ぎて行った。あの顔色は生きている人間のものではない。お袋が呆然としていると、横から突然「ふみこ（お袋の名前）」と呼ばれた。お袋の顔の真横には、さっきの女の顔がある。女性は「たまには来いよ」と言うと、そのまま去って行った。女の後を火の玉が追いかけていった。その光景を見て、お袋は震えるのではなく、体中が熱くなって顔から汗が噴き出たという。

僕が自身の体験を語った前日に、お袋はその体験の夢を見たというのだ。お袋が語るには、自身は養子で実母は二歳の時に首をつって自殺したという。夜の街であった女は実母ではないかという思いがあったが、時が経つにつれて薄れていった。だが、昨日の夢で鮮明に思い出したという。僕は実の祖母の墓参りに行こうとしたが、墓地の場所がわからない。そこで三つの墓が立ち並ぶ和歌山のある場所に行ったところ、中央の墓の前に女性が立っていて「義和、義和　よう来てくれたな」と言うとすぐに消えた。墓を見ると「かきうち」とひらがなで書かれている。そのことをお袋に伝えると、「ああ、それ私の実母の名字やねん」と言われたのだ。

死の間際に見せたもの

竹内義和

Bという中華料理店の主人は経営センスに優れた人物で、以前、我々は月に一、二度のペースでTさんの店に集まって、お話を伺っていた。これは集会の参加者の一人・Sさんの体験談だ。

Sさんは「素潜り」という、男性版の海女のような仕事を行っていた。事故で自動車が海に水没した時などは、素潜りが調査に向かうことがあるという。Sさんが二十代後半の頃、親戚のTさんとコンビを組んで仕事を行っていた。Tさんは三十代中盤ながら十代のころから素潜りの仕事を行っているベテランで、当時のSさんは彼を良き先輩だと思っていた。

ある日、滋賀県の湖の某所にあるダムが老朽化しているとのことで、SさんはTさんと共に調査に向かった。当時のTさんは子供が生まれたばかりということもあって非常に勤労意欲が高く、毎日のように素潜りを行っていたという。湖を二人で潜ると、ダムの壁面に開いた小さな穴を見つけた。この場合、一旦陸地に戻って準備を行った後に修理作業を行うのだが、なぜかTさんは穴を直接片手でふさいでしまったのだ。水が穴に流れる力でTさんの手はダムの壁面に密着した。ここから離れるには手を切り落とすしかないが、そのようなことをしたら出血多量で死亡してしまう。先輩は死を覚悟したようだが、Sさんはその様子を見て一旦陸地に戻り、Tさんが袋に入れて大切にしている息子の写真を取り出して水の中の先輩に見せ続けた。Tさんはそのまま死亡し、彼の遺体はダイバーによって引き上げられた。SさんはTさんが苦悶の表情を浮かべながら死んでいく姿を見て、言葉では言い表せないほどの衝撃を感じたという。

Sさん曰く、この話には続きがあるという。興味を持った我々が話すよう促すと、彼は語り始めた。

Tさんの死後、Sさんはショックを受けてしばらくの間は仕事ができなかったそうだ。ある日、自宅で自分が所持していたTさんの袋を開けると、綺麗な状態のTさんの息子の写真と、水に濡れてくしゃくしゃになった風景の写真が入っていた。なんということだ。SさんはTさんの死ぬ間際に何の意味もない写真を見せ続けていたのだ。Sさんが罪の意識を感じていると、急に部屋の空気が重くなり、コポコポ……、と空気が漏れるような音が聞こえた。窓から水のようなものが入ってきて、ドン！ と言う音が鳴り響く。Sさんは、Tさんが手を穴に吸い込まれた時の音だと思った。SさんはTさんの息子の写真を持って玄関まで走り、ドアののぞき穴に向け続けた。すると、家の中の空気が急に軽くなり、水のようなものは消えた。天井を見上げると、足首のようなものが一瞬見えて、水が弾けるような音が聞こえた。

「Tさんが昇天した」Sさんはそう思ったという。

深夜のバイク

田中俊行

これは友人のH君から聞いた話だ。

昔、H君が付き合っていた女性は山口県の「周防大島」と呼ばれる、瀬戸内海に浮かぶ小さな島に住んでいたのだが、ある日、H君は彼女に会うために神戸から周防大島に自動車で向かった。広島県を横断して山口県の岩国市に到達したころには、深夜の〇時を過ぎていた。進行状況は予定より大幅に遅れており、このままではとても待ち合わせ時間までには間に合わない。そこでH君は木が生い茂った道を見つけて、近道だと考えて、そちらへと車を進めた。車が一台しか通れないような細い道を三十分ほど進むが、木が生い茂った景色は一向に変わらない。不安になったH君が引き返そうかな、と考えてると、目の前にバイクが走る姿が見えた。しかも、バイクの車種が「トーハツ」というメーカーが一九六〇年に開発した「ランペット」という、今ではとても希少なものだったのだ。大の車・バイクマニアであるHさんは、一目見ただけで前のバイクの車種を見抜いた。ランペットなんて雑誌でしか見たことがない。ましてや実際に走っている姿なんて！　ハイテンションになったH君は、バイクを間近で見たいと思ってじょじょに車間距離を縮めて、ついには並走状態になった。ランペットの走行音は独特と聞いていたので、車の窓を開けて音を聞こうとしたのだが、モーター音が一切聞こえてこない。サーッ、とバイクが風を切る音だけが鳴っているのだ。H君が疑問を感じていると、突然、彼が乗っていた車がドーン！　という衝撃音と共に横転した。（事故ってもうた！）とH君が思った瞬間、何事もなかったように車は動き、ランペットが並走している。左ひじに痛みを感じたので、確認すると血がポタポタと垂れている。すると、再びドーン！　と言う衝撃音と共に車が横転し、また一瞬にして通常の状態に戻ったのだ。異常な状況を受けて、H君は急ブレーキをかけて車を停止した。ランペットを見ると道を進み続けており、そのままH君の視界から消えていった。すぐさまH君は今まで進んでいた道をUターンして、一般の道路から周防大島へと向かった。

結局、H君が周防大島に到着したのは明け方頃だった。心配して迎えに来た彼女がH君の姿を見ると、左ひじだけではなく体中が血まみれになっている。車のシートにも血が付着している。だが、Tシャツを脱いで確かめてみると、体のどこにも傷がない。H君が自分が体験した出来事を話すと彼女の顔色はすぐに青ざめていった。彼女が言うには、彼女の父親も同じ体験をしたことがあるそうだ。

話してはならない

田中俊行

僕は「三国志」が好きで、史跡をめぐって中国を旅したことがある。まず上海に一週間ほど滞在して、それから一か月ほど各地を巡った。

お金がない僕が主に泊まった場所は、相部屋の簡易宿だった。日本人の宿泊客も多く、その中の「M君」という男性は僕と同じく神戸出身のカメラマンで、休暇を利用して中国を旅行していたそうだ。旅の別れ際、僕たち日本人同士で宴会をしようということになり、みんなで飲み明かした。夜も更けると話題もなくなり、「あそこのホテルで金縛りにあったよ」などと、不気味な話題を僕は口にしてしまった。みんなが楽しんでいる中、M君だけ輪に入ろうとしない。一人がM君に話をするようしつこく促すと、「……封印している」とつぶやいた。全員がM君の言葉に果然興味を持ち、何を封印しているのかと質問しても「……封印している」と答えを言わない。僕が苦し紛れに「それはいつから封印しているのか?」と聞いたら、「高校の時から」と言われた。「日本で封印したんやろ? 中国なら封印を解いてもええんちゃう?」と僕が苦しい理屈を述べると、M君は「なるほど!」と納得した。

話を聞くと、高校時代のM君は、ある日、学校で呼び出しを食らったそうだ。M君はピザ店でアルバイトをしていることがばれたのかと思い職員室のドアを開けると、部屋の中には数名の警察官が立っていた。刑事に「T・Mさんという方はご存知ですか?」と尋ねられたが、M君には心当たりがない。すると、刑事は「大阪府の○○市××のマンションの△△号室の」と住所を言うので、M君はピンと来た。昨日最後にピザを配達した客のことだ。M君が事情を刑事に伝えると、その時の状況はどうだったかと聞かれたので、チャイムを鳴らすと、お母さんらしき方がピザを受け取りに来て、奥の部屋には子供がいて、帰り際にはマンションの廊下で男とすれ違ったと答えた。刑事から事情を聴くと、M君がピザを届けた後、Tさん親子がご主人に絞殺され、さらに主人は自身の首を絞めて自殺したという。廊下ですれ違った男がおそらく犯人だ。M君はTさん親子を最後に見た人物として事情聴取を受けたのだ。

数週間後、事件はメディアを騒がすようになり、校内で目立たない存在だったM君はいちやく注目の的になった。生徒の中には「事件に関与したやろ？」などと聞いてくる者もいて、最初は否定していたM君だが、次第に快感を覚えるようになり、「お前が殺したんやろ？」と聞かれると「実は俺が殺したんや」などと答えるようになった。悪ふざけを続けたM君だが、ある日、同じクラスの女子に呼び出された。彼女は事件のことを話すことをやめるように伝えたが、得意になっていたM君はそれを否定した。すると女子は「あと一回、この話をしたら……死ぬよ」というのだ。M君が理由を聞くと、彼女は強い霊感の持ち主で、M君が事件のことを話しはじめた瞬間に、彼の頭上から十メートルほどの上空に二本の腕が浮かび、彼が話をするたびに近づいてきているというのだ。M君が現在の状態を聞くと、女子は自分の両手を首にかけて、あと一回話したら首を絞められると答えたそうだ。

宴会が終わり、僕たちは別れた。一か月後、帰国した僕は旅先で仲良くなったM君に中国で買ったお土産を渡そうと彼の自宅に電話をすると、母親からM君が首を吊って自殺したと言われた。

首

田中俊行

霊能者いわく、僕の周りには漆黒の闇がまとわりついているそうだ。僕を鑑定してくれた霊能者は若い娘さんで、彼女が霊視を行っている間に後ろにいる母親が質問をするという手法を行っていた。僕を観た時は、「田中さんはどうなの?」と母親が問うと、「黒い狐が固まって取り憑いている」と娘が言った。母親がもっとよく観なさいとうながすと、娘は顔を僕の前に近づけて「あっ! 白狐（びゃっこ）がいるよ!」と叫んだ。（この場合の「ビャッコ」とは白い虎ではなく狐のことだ）続けざまに娘が「白狐だけじゃない! 青龍も! 陰陽師も!」と言うと、母親が「素晴らしい!」と感嘆した。僕が「その霊たちはどうなっている?」と聞くと、娘いわく「ボッコボコにされている」。どうやら、黒い狐にやられてしまったらしい。

数年前、僕はテレビの怪談番組の収録のために千葉県某所におとずれた。撮影場所は古い二階建ての一軒家で、家の中に生首の霊が現れるという。僕は本気で生首を撮影したかったので、スタッフたちに生首が出現する場所はどこかと質問したが、スタッフ側は呪われることを恐れているようで、ノリ気ではない。それでも僕がしつこく問いただすと、生首が現れるのは庭だという。浮かれていた僕は「おら！首、出てこいよ！」など、乱暴な態度をとり続けた。その様子を見てスタッフたちは嫌な表情を浮かべていたが何事もなく、撮影は無事に終わった。

撮影終了後、僕は千葉から夜行バスに乗って実家がある神戸へ戻った。夜中の三時ごろ、実家の扉を開けようとすると、家の中から母親が扉を開けた。そして、僕と目が合うと母親は開口一番、「あんた怪我は大丈夫!?」と聞いてきたのだ。僕が何事かと問うと、一時間ほど前に母親がトイレに入ると、ピチャ……という音がしたという。母親がトイレの中を確認すると、トイレの床に敷いたマット一面が血液で真っ赤に染まっている。それを見て母親は僕が怪我をしていると思ったようだ。

だが、その時間、僕はバスの中で揺られていた。勘違いしている母親は僕にマットを片づけることを指示したので、トイレに入るとマットは真っ白だった。母親は何かを見間違えたのだろう。疲れていた僕は実家の居間で眠ってしまった。その直後、母親が「ちょっと、あんた！　こっち、こっち、こっち来て～！」と奇妙なテンションの声で叫んでいる。しぶしぶ起きて母親のもとに向かうと、「トイレ、トイレ！トイレ見てみい⁉」と言う。僕がドアを開けて中を見ると、さっきまで真っ白だったマットが血液で真っ赤に染まっている。僕が不思議に思っていると、母親は背中越しに「お前が悪いんやろ？　お前が悪いんやろ⁉　お前が、お前が……」と叫びだした。僕が振り向くと、人差し指を天井の方向に向けて「上上上上上上上上‼」とわめく。見上げると、トイレの天井には真っ赤な目の真っ黒なモノが張り付いていて、それが僕めがけてバサッ‼　と落ちてきたのだ。僕の視界は一瞬真っ暗になった。

視界が開けると、なぜか居間にいた。意識を失った感覚はないが、あれから長い時間が経過したような気がする。台所を見ると母親が夕飯の支度をしている。「もうすぐ、ご飯ができるで」と母親が言う。僕が現在の状況を考えていると、母親は僕を見つめながら「オ・マ・エ・ガ・ワ・ル・イ・ン・ヤ」と言った。声は出ていなかったが、確かにそう言った。

フィギュアが指さすもの

川口英之（ホタテーズ）

僕は重度のアニメマニアで、十年くらい前はアニメキャラのフィギュアをメチャクチャ集めていた。四、五千円くらいのフィギュアを買い集めては自室の「フィギュア台」に陳列して鑑賞していたのだ。コレクションを続けるうちに数万円の高額商品が欲しくなったのだが、なかなか手は出せない。どうしようかと思い悩んでいると、常連のフィギュアショップの近くに店の人が独自に値段を付けるというシステムの中古フィギュアショップが開店した。ためしに来店してみると、普通のお店なら数千円で売られている商品が数百円、ものによっては百円で売られていたので、僕は一発で気に入った。僕はハイテンションになってフィギュアを買いあさったが、左手を腰に当て、右手をまっすぐに垂らしている女の子のフィギュアを見た瞬間、僕は「絶対に買いたい！」という気持ちにとらわれたのだ。値段は二千円程度と、この店の商品にしては高めだったが、僕はフィギュアを購入すると、自宅のフィギュア台のど真ん中に置いて飾った。

お気に入りのフィギュアを購入してから二、三日後、僕がバイトから帰って自室に入ると、そのフィギュアが床に落ちていた。その時は何とも思わなかったが、さらに二、三日後、僕が音楽ライブ鑑賞から帰ってくると、また床に落ちていた。僕は当時、実家暮らしだったので、母親が僕の部屋に入った際にぶつかったと思って問いただしてみると、母はその覚えがないと言う。それから一週間後、妹が自動車事故にあった。幸い命に別状はなかったが、その時から「もしかして、このフィギュアにはなにか因縁があるのではないか？」と思い始めたのだ。しかし、せっかく手に入れた大切なフィギュアを手放したくはない。ところが、この直後に母親が入院したことにより、僕はフィギュアを供養した方がいいと思い直して、実家が寺で霊的なものが「見える」友人に事実を打ち明けた。すると、「今すぐにフィギュアを捨てろ」とアドバイスされた。僕は捨てるのは惜しい気がしたので友人に問いただすと、「その人形、落ちている時は同じ方向を指さしていない?」と聞かれた。僕はそんなことは意識していなかったが、友人は必ずドアの方向を指さしているのではないかと言う。僕の部屋の向かい側は妹の部屋で、これは「これから妹を殺りにいくぞ」という合図なのだそうだ。その話を聞いた僕は、すぐさま中古ショップで買ったフィギュアを押し入れの中にしまい込んだ。

それから一週間後の二〇〇九年六月二十四日、その日の僕は昨晩から早朝までずっとテレビゲームをやっていたのだが、五時半ごろ、すでに退院していた母が職場に用があるといって外出した。そして七時くらいに妹が学校に行き、三十分後に小腹がすいた僕がコンビニに行こうと外出した際に自動車事故に遭遇した。その時は軽くぶつかった程度で怪我はなく、親切な運転手のおじさんに連絡先を教えていただいて帰宅した。その日は十八時から友人と会い、ずっと店で一緒に酒を飲んでいたが、話がもりあがったので、ずっと携帯電話を確認しなかった。二十三時前にふと携帯電話の画面を見ると、着信履歴が四十件ほどあった。驚いた僕が履歴を確認すると、それらは全て妹からのもので、急いで連絡すると、「お母さんが！　お母さんが！」という必死な叫びが聞こえる。妹がテンパっていると感じた僕は「どうしたの？」と尋ねると、母が倒れて病院に運ばれたと言う。その話を聞いた僕は急いで病院に向かった。病院に到着すると、妹と単身赴任先から駆け付けた父親がおり、その時、母はすでに他界していた。僕だけ母の最期を看取ることができなかったのだ。

家族全員で自宅に帰った後、父は葬儀の手配を行い、僕は自室に入って号泣し続けた。涙が枯れるほど泣き、ようやく落ち着いた数時間後、ふと自分の机を見ると、朝、交通事故をおこしたおじさんから渡された連絡先を記した紙が置いてあった。「今日は朝からついていないな」と思いながらその紙を確認すると、「００３４」という自動車ナンバーが、母が亡くなった時間（〇時三四分）と同じだったのだ。因縁めいたものを感じた僕たち家族は引っ越すことを決意した。引越しの準備をする時、台に飾っていた数々のフィギュアを段ボール箱につめたのだが、ふと箱の中を見ると、あのフィギュアが母親の部屋を指さしていた。

霊の居場所

川口英之（ホタテーズ）

これは、Aという僕の幼馴染が体験した話だ。数年前、Aは某所にあるコンビニでアルバイトをしていた。その店は以前から幽霊が出ると噂されており、ある時、Aが飲料水売り場の商品を補充していると、ガラス越しにおじさんがこちらを見ている様子が見えた。お客さんがいるのかと思って売り場に出ると誰もいなかったので、（これが霊かな）と思ったそうだが、大して気にせずにその後もアルバイトを続けていたそうだ。

ある日、Aが深夜バイトをしていると、暇だったのでバックヤード（休憩所）に入って携帯電話をいじったりしていた。すると、夜中の三時過ぎに「すいませーん」という声が聞こえたので、レジに向かうと誰もいない。気のせいかなと思ってバックヤードに戻ると、また「すいませーん」と聞こえたので店内に出ると、またしも誰もいなかった。念のために店内の倉庫やトイレも確認してみたが何事もなく、再びバックヤードに戻ると、ふと室内に設置してあった監視カメラが撮影する映像を映すテレビ画面が気になったので確認すると、そこには全身黒づくめの女性がレジの前にたたずんでいる姿が映っていた。店内の様子を確認すると誰もおらず、見間違いかと思って画面を確認すると、やはり女性の姿が映っている。混乱したAは画面を見ないように意識したが、つい気になってしまうもので、画面を見つめると、女性の視線がじょじょに上がり、監視カメラを見つめはじめた。画面越しに女性と視線が合うと、Aの体は金縛りにあったように動かなくなった。片手に携帯電話を持っていたので、床に落とせば体が動くきっかけになると思い、なんとかして落とした瞬間、レジの方からパパパパパパン！　という音が聞こえてきた。Aはその音が聞こえた瞬間、体が動くようになり、急いで画面を確認したが女性の姿は映っていなかった。

Aは急いで携帯電話で店長に連絡を行い、店に来てくれとお願いした。店長は自動車で駆けつけた後すぐに画面を確認したが、何も映っていないという。恐怖におびえていたAは画面を確認していなかったのだが、店長の言葉を聞いてチラ見すると、そこには砂嵐が広がるばかりだった。

僕がこの話をKという僕とAの共通の友人に話すと、興味本位でその店を調べてみようという話になった。僕たちは脅かしてやろうとKが運転する自動車でAのバイト先をおとずれたのだが、入店するなり照明が若干暗いことに気が付いた。雑誌売り場で五分ほど立ち読みをしているとAが近づいてきて、どちらかが彼女を連れてきているのか？　と問うので僕たちが否定すると、レジから確認すると立ち読みをしている僕とKの間に女性が立ち奇妙な動作を繰り返していたとAは言う。僕たちが気味悪く思っていると、本棚に置いてあったコミック本が突如床に落ちたのだ。本棚にはびっしりと本が詰められていたため、誰かが引っ張りでもしない限り落ちるわけはない。僕たちはAに別れを告げると、急いで店を飛び出した。

帰り際、Ｋは僕と別れた後に自動車事故をおこして足に複雑骨折を負った。僕はコンビニにいたと思わしき霊が憑いてきたのかと思い、知り合いの霊能者に相談したのだが、彼曰く、事故の原因となったのはもともと自動車に憑りついていた霊で、Ｋが自動車を手放さなければ、さらに危険な事態になると忠告された。霊と言う存在は、案外どこにでもいるのかもしれない。

絡みつく毛

いたこ28号

これは、Aさんというプール場の監視員を職業としている男性が体験した話だ。

Aさんが勤務しているプール場は五十分に一度休憩が入り、十分間の休憩の間に監視員がプール内を点検するというシステムを採用している。ある日、Aさんが点検を終えると右手に妙な感触が生じたので、引っ張ってみると、ズルズルズル……と長い髪の毛がたくさんまとわりついている。プールの中に髪の毛が浮いていることは不自然ではないが、こんなに多くの髪が絡みついたのは初めてだ。Aさんはプールから上がるなり、すぐさま髪をゴミ箱に捨てた。

それからというもの、時たまAさんには一本の長い髪の毛が絡みつくようになったのだ。しかも決まって長い茶髪で、どうやら同じ人物のもののように見える。だが、それ以外におかしな出来事は発生しなかったので、彼はこの話を他人に伝えることはなかった。

ある日、Ａさんが自宅マンションに帰ってシャワーを浴びていると右手に妙な感触が生じる。確認すると、髪の毛が絡みついていた。ズルズルズル……と引っ張ると、いつもの長い茶髪だ。Ａさんは独り暮らしなので、自宅内で他人の髪が巻き付くはずはない。この時Ａさんは（いよいよ家まで来た……）と、思い、途端に恐怖に駆られたという。

この日を境に職場で髪の毛が絡む現象は止んだ。だが、Ａさんが自宅内で水を使う場所にいると絡むようになった。風呂場で髪を洗うと手に茶髪が絡み、キッチンで調理をしていると流しには髪の毛が流れていた。一番不気味だったのは、ゴム手袋を着けて洗い物をしていると右手に違和感が生じたので、手袋をはずすと髪の毛がまとわりついている。すぐさまゴム手袋を捨てたそうだ。だが、このようなことは誰に相談していいかわからない。Aさんは相変わらず他人には話さなかったのだ。

自宅で怪奇現象が発生するようになってから数日後、Aさんは友人と飲んだ後、深夜一時ごろに帰宅した。尿意を催したのでトイレで用を足そうとするとアソコの先から何かがでている。それを引っ張ってみると、ズルズルズルズル……！　と長い茶髪が出てきたのだ！

身の危険を感じたAさんはついに決意した。職場では昼休みになると同僚たちと会議室で食事をするのだが、その場でAさんは今までの体験を打ち明けた。すると同僚たちは「アカン！」「それ、ヤバいで！」などと口々に心配し、拝み屋に相談したり、神社や寺でお祓いしてもらうことを勧めてきた。Aさんは同僚たちの心配により若干の安心を感じた。休憩時間が終わり、プールに向かったAさんの肩をトントン……と誰かが叩く。振り向くと経理の女性だ。彼女は同僚と打ち解けられず、先ほどの会議室でもグループから離れて一人で食事をとっているのだが、彼女は「さっきの話聞いていたんやけど……、私、あの話の真実わかるよ」と言った。どういうことかと問うと、彼女は「あの髪の毛……、ワタシノ」と言うと、笑いながら駆け出した。Aさんは恐怖のあまり、その場で震え上がった。そして、その日を境にAさんに髪の毛がまとわりつくことはなくなった。

今でもAさんと経理の女性は同じプール場で働いているそうだ。だが、互いに会話することは絶対にないという。

故郷での再会

浅川渉（ルサンチマン浅川）

僕が小学校の頃、「ナメクジ」と言うあだ名のメチャクチャいじめられている同級生がいた。男子からは毎日殴られ、蹴られ、田んぼに落とされ、女子からはバイ菌扱いされて、ギャーギャー逃げ惑われていて、「こんなに嫌われている奴、他にいないんやないか？」と思えるほどだった。小学校二年生まで、僕はその子とは普通に付き合っていたが、三年、四年と学年が上がるごとに彼は嫌われるようになり、五年生になるとクラスぐるみのいじめの標的になった。僕はかわいそうだとは思っていじめには加担しなかったが、止めることはできなかった。中学生になると、ナメクジはクラス全員から無視されるようになった。高校は別だったので、その後のことはわからない。

……、その話は一旦置いておこう。僕の職業は漫才師で、芸歴三年目の時に地元の徳島県阿南市のお祭りにゲストとして招待された。大変嬉しかったので、僕がブログにそのことを書きこむと、小学校の同級生たちが「当日は見に行く！」などと応援のメッセージを次々と寄せてくれた。祭りの前日、地元に小学校の同級生十人が集まってプチ同窓会を開いてくれたのだが、その場で僕がナメクジの話を切り出したところ、それまでの明るい雰囲気が一変した。ヤバいと思った僕は明日の出演の話に切り替えて、その場をやり過ごした。お祭りの当日に僕が立ったステージはトラックの荷台を改造したもので、ステージの下を見ると同級生たちが応援していて、僕は客席に向かって話しかけた。すると、相方が突然僕に対して「こいつ、小学校の時すごく嫌われていて、ナメクジっていうあだ名だったんや」と語り出したのだ。相方の言葉で盛り上がっていた同級生たちが一気に静まり返ってしまい、僕は空気を変えるために必死にネタを行った。そのおかげで舞台自体は成功したが、楽屋に戻ると僕は「なんであんなこと言ったんや！　ナメクジは本当にいたけど、俺のことやない！」と相方をしかりつけた。すると、相方は「なんか『ナメクジ』

って言葉が口からでてしまったんや」と答えたのだ。その後、同級生たちが僕をねぎらうために楽屋に来たのだが、そのうちの一人がさっきの舞台の話を口に出した。僕があれは相方のアドリブだと言い訳したが、祭りが終わって僕が帰ろうとすると、祭りの販売ブースにいた男性が突然「おーっ！　久しぶりやな！　浅川君やないか！」と大声で話しかけてきた。僕が「誰？」と聞くと、その男性は「Yやけど」と答えた。「Y」とはナメクジの名字。僕は（あっ！　こいつナメクジや！）と思い、「あ、Y君、久しぶり」と言うと、Y君は「ずーっと、販売ブースで働きながら漫才を見ていたんや！」と大きな声で言った。いじめられていたにもかかわらず、明るい雰囲気のY君を見て僕は驚いた。話を聞くと、どうやら家業を継いで地元で農業を行っているようだ。しばらく話しているうちに、Y君は「浅川君。そういえば、さっき『ナメクジ』言うてたな？」と僕に尋ねた。僕は過去の出来事を謝罪し、友人の時と同じく相方のアドリブだと言い訳すると、Y君は全く気にしてないと答えた。僕は彼の前向き過ぎる態度を不気味に感じて、その場を立ち去ろうとしたところ、Y君が携帯電話の番号の交換を要求してきたので、僕は番号を伝えて彼と別れたのだ。

それから三年後、小学校の同級生の一人の結婚式に参加した時、Y君にあった話をしたのだが、その瞬間、同級生の顔が一気に青ざめた。「どないしたん？」と僕が聞くと、彼は「お前、知らんかった？　ナメクジは高校を卒業してすぐに……自殺したんや」と答えた。「ええっ⁉」と僕は驚きの声をあげ、「マジで⁉　俺、あの時、あいつと話して電話番号も交換したんや！　あいつが死んでいるわけあらへん！」と言ったが、同級生はY君の葬式に参加したと答えた。彼曰く「俺、あいつのこといじめていたやろ？　だから、式場に行ったらあいつの家族がずっと俺のこと睨みつけていて……まったくひどい葬式やったで」僕はその話を信じられず、Y君から聞いた携帯電話の番号を同級生に見せて確認すると言った。友人に促されて僕が電話をかけると、「もしもし！　浅川くん！　どないしたん？」という元気な声が聞こえた。僕はY君が生きていることを確信して、地元の同級生の結婚式に参加していることを伝えると、電話の向こうで誰の結婚式かと聞いてきたので僕が同級生の名前を言った途端、突然相手の声色が変わり、「あー、○○さんね、じゃあ、兄貴がお世話になったと伝えておいてください」と言って電話を切った。

つまり……、ナメクジの弟が兄になりすまして、兄をいじめていた人間を監視していたのだ。

新古物件

あーりん

数年前、私の友人男性が家を購入したいと考えて、霊視と風水鑑定を職業とする私に相談をもちかけてきた。友人は引っ越すたびにガス爆発にまきこまれたり、上の階で自殺が発生して体液が自分の部屋に垂れてくるなど不運続きだったので、今度こそは素晴らしい家を見つけようという意気込みがあったのだ。友人が購入を検討している物件は、急行が停車する駅から徒歩十分ほどの位置にある分譲マンションの三階で、新古物件である。新古物件とは、分譲開始から一年以上売れ残っていて、多少の割引価格で販売される場合も多い物件のことだ。

それから私は友人と共にマンションの下見に行った。駅から降りて坂道を上った場所にたたずむマンションは、美しい茶色の外壁だった。管理会社の女性に開錠してもらいマンションの中に入ると、照明がひどく暗いことに気が付いた。さらに消毒液のような臭いが充満しているのだ。確かに新築の建物は化学物質の臭いがすることは多少あるが、築一年以上経過している新古物件でこのような臭いが漂うのは初めてだ。部屋がある三階に向かうために私と友人はエレベーターホールに向かった。エレベーターの扉が開くと、中に戸棚がびっしりと敷き詰められ、その中にガラス瓶が収納されている光景が目に入った。瓶の中身を見ると何かの内臓が詰められている。どうやら内臓らしき物が入ったホルマリン漬け標本のようだ。さっきから漂っていた臭いはこれから漂っていたのだろうか？「乗らへんの？」という友人の声で私は我にかえった。エレベーターの中を見回すと何もない。

だが、先ほどの光景でエレベーター内に薄気味悪さを感じていた私は、背後にある階段で三階まで上がろうと友人に提案した。階段は地下一階にも通じていたが、私が覗くとそこには、肩まで下がった浴衣を着た、痩せたハゲ頭のおっさんが階段に横たわっていた。階段が暗くて下半身の様子までは見えないが、立てないのか足がないのか、おっさんは…正しくはそのおっさんの幽霊は、腕だけを使って、ほふく前進のごとく、ずり、ずり…と階段を上がってくる。私は近づいてきたら蹴飛ばそうかと思ったが、一階までたどり着いた瞬間におっさんの姿は消えてしまった。（どこへ行った？）と思って私が階段を覗くと、下にはまた同じおっさんがおり、先ほどと同じように階段を上っているのだ。これは典型的な地縛霊だ。このタイプの霊は一定の場所から移動できないので問題はないかと思い、私たちは三階へと向かった。

友人が購入を検討している部屋に向かうためにマンションの渡り廊下を歩いてると、カラカラカラカラ……という音が向かいから聞こえてきた。その音は私たちの方に向かってくる。音だけが私の横を通過した時、頭の中には点滴が付いたストレッチャーを押す古い時代の看護服を着たナースの女性の姿が浮かんだ。今ではほとんど見ることがないガラス製の点滴瓶が、ストレッチャーに合わせてぐらぐらと揺れている。私がこの土地にはもともと病院があったのかと聞くと友人はそうだと答え、立地と床面積が申し分ない上に、当初の販売価格より安かったので購入を検討したと言うのだ。確かにこのマンションには霊が取り憑いているが、気にしなければ悪い物件ではない。友人が購入した部屋に入り玄関の左側を見ると、頭を剃った丸裸の人間が四体、丸太のように積まれている。頭を見ると側頭部に小さな穴が空いていた。もしかしたら昭和の中頃まで行われていたという技法での脳外科手術を受けた患者の霊かも知れない。「こちらが寝室になっております」と、管理会社の女性が寝室に最適な広さの部屋に案内してくれたが、半分透けたベッドの上にははだけた浴衣を着た女性の霊がおり、空中に何か文字を書いては消すという行為を繰り返している。あきらかに尋常な雰囲気ではない。廊下だけならまだしも、部屋までこのような状態の物件は購入しない方が無難なのだが、そこは購入者自身が決めることだ。部屋をひと通り見てその日は撤収することにした。

帰りがけに寄った喫茶店内で、私はあのマンションには残留思念が存在していると友人に伝えた。階段にいたおっさんやベッドの女性は幽霊だが、廊下のナースや部屋に積まれていた患者は、この場所に残る「記憶（残留思念）」であり、私がお祓いをすることは不可能だ。ただ霊を感じない人なら実害もさほど無いので、マンションを購入しても問題はないと言って、私たちは別れた。

結局、友人はマンションを購入することを決断したが、直前にアメリカの西海岸に転勤することが決まって計画は中止となった。だがアメリカで借りた湖の前の一戸建てにも「出る」らしいのだ。電話で何か出るのかと聞くと、友人はこう答えた。

「……、ワニ」私では祓うことができない。

ノック

三木大雲

これは私の知人の男子大学生が体験した話だ。彼は心霊スポット巡りを趣味としており、ことあるごとに友人を誘うのだが、大抵断られてしまう。ある日、仲間が見つからなかった彼は私に同行を求めるために電話をかけてきた。彼は寺の住職である私と一緒に行けば安心だというのだが、そんな態度で心霊スポットに行くのは霊に対して失礼だと私が諭すと、彼は一人で行くと答えて電話を切った。

結局、彼は本当に一人で行ったようで、帰って自宅アパートに着いたのが深夜の一時ごろだった。彼は心霊スポットに訪れた際は必ず現場を携帯電話で撮影する。帰宅後に写真を閲覧することが好きだったのだ。その日、彼が写真を確認していると、コンコンとドアをノックする音が聞こえる。最初は気のせいかと思って、しばらく黙っていると音がしなかったので、再び写真を閲覧しはじめると、再びノックの音が聞こえてきた。しかも、その音はドアではなくどうやらベランダの方から鳴っているようだ。彼の部屋は三階にあるので、そこから人が入れるはずはない。カーテンを開けてみると誰もいない。心霊スポットに行っていたことも重なり、恐怖を感じた彼は気晴らしにパソコンを起動して動画サイトの生放送のページを開いた。すると、再びコンコン、コンコン……と言う音が玄関から聞こえてくる。ドアを開けてみると誰もいない。恐怖感が増した彼はドアにチェーンロックをかけて普段着のままベッドに潜り込んだ。ふとパソコンを見ると、なぜか電源が切れている。カーテンがなびいていたので確認すると、閉め切っていたはずのサッシ窓が開ききっていたのだ。かけ布団を頭からかぶって寝ていた彼が、テレビをつけようとして手だけ布団の外に出して探ったが見つからない。恐る恐る部屋の様子を見ると照明が消えている。どうやら、先ほど玄関を確認していた間に誰かがサッシから侵入したらしい。極限状態に達した彼は蒸し暑さを我慢して朝まで布団の中で過ごすことを決意したが、その時、ビビビ……という電子音のようなものが聞こえた。その瞬間、エアコンがフル稼働しはじめたのだ。エアコンからは温風が流れており、どうやら侵入者は彼をかけ布団の外に出したいようだ。再びノック音が聞こえたので確認すると、それはベッドの下から聞こえてくる。アパートの外に逃げることを決断した彼は、一、二の三のタイミングでかけ布団をはがして足をベッドの下に降ろした。その瞬間、誰かが彼の右足首をつかんだ。だが、この出来事は彼の想定内だった。彼は足首をつかまれたままドアを開けようとしたが、チェーンロックをかけていたこともあり、なかなか開かない。すると、足首とは別にもう一本の手が彼のふとももをつかんだ。（もう一本来た！）と考えていると、それまで足首をつかんでいた手が腰のあたりまでに移動した。要するに彼の体を上っているのだ。恐怖にかられながらも彼はチェーンロックをはずして外へと飛び出した。

実はその時、不安を感じていた私は彼の様子を確認しようとアパート部屋の玄関の前まで来ており、部屋から飛び出すなり彼は泣きながら私に抱き着いていきた。私は彼をマイカーに乗せて寺まで送ろうとしたが、助手席に座る彼は耳を両手で塞いでしきりに震えている。私はエンジンを起動しようとボタンを押したが全く反応しない。すると、隣の彼は「ノックが聞こえる、怖い怖い……」と言いはじめた。最初は唖然としていた私だったが、そのうち自分の耳にもコンコン……、というノック音が聞こえはじめた。どうやら何者かが助手席の横の窓を叩いているようだ。急いでマイカーを発進させようとすると、車体が揺さぶられるかのように動きだし、コンコンの音はしだいにゴンゴン！　という大きな音に変わった。私が横を見ると、誰かが頭を窓に打ち付けている。私が驚いていると彼は「ごめんなさい！　勝手に入ってごめんなさい！」と大声で謝りはじめた。すると、揺れはおさまりマイカーのエンジンが起動したのだ。

心霊スポットに赴く際は、一言でいいので霊に対して「お断り」の連絡を行った方がよいのかもしれない。

プレゼントの中身

三木大雲

世の中には変わった職業が数多く存在し、その中の一つに「レンタル彼女」というものがある。これは女の子にお金を支払うことで一時間だけ彼女になってもらうというシステムで、これはそのレンタル彼女の派遣所に登録していた女子大生・Aさんの体験談だ。

レンタル彼女の最初の利用者は、まずは派遣所内で女の子と会話を行い、気に入ってもらえると次回以降は指名を受けるというシステムだ。女の子が指名を受けると報酬が通常より二千円アップするそうで、Aさんは必死になって利用者のご機嫌をうかがうようにしていた。ある日、ぼさぼさロン毛の男性が来たので話を聞くと、その男性は女性と話すのが苦手なのだそうで、実際に話し方がたどたどしい。Aさんは、取りあえず髪形をセットした方がいいとアドバイスすると、それをきっかけに話が盛り上がった。男性が趣味を教えてくれと言うのでAさんが「クマの○○さん」のグッズを集めることだと答えると、彼は音楽鑑賞だと答えた。

数日後、男性は派遣所を訪れてAさんを指名した。Aさんのアドバイスを受け入れたのか髪は短く刈られている。男性はプレゼントだと言って○○さんのぬいぐるみ型の黄色い帽子をAさんに手渡したのだ。その数日後にも男性から指名があったのだが、怪我でもしたのか足を引きずっている。男性を気にかければ、また指名がもらえると考えたAさんが「大丈夫ですか?」「痛くないですか?」と、過剰なほど男性のことを心配すると喜んでもらえたようで、その日、男性は利用時間を一時間延長した。終了間際に男性から○○さんのスリッパをもらったので、Aさんは大げさに喜んだという。

それからさらに数日後、Aさんは体調を崩して大学を休みがちになっていた。レンタル彼女の依頼も断り続けていたため、収入が底を尽きて家賃すら支払えない状態になってしまった。ある日、派遣所から依頼があったので、Aさんは収入を得るためにやむをえず出勤した。派遣所に行くと例の男性が来ており口元にマスクをしている。話を聞くと風邪をひいたというのでAさんが自分も体調を崩しているというと、男性はAさんに心配の声をかけ、その日は○○さんのぬいぐるみを渡したそうだ。

帰宅後、Aさんは何もする気がおきず、すぐに布団を敷いて横になったそうだ。扉をノックする音がするので億劫ながらも開けると、そこには友人がいた。彼女は霊感が強いそうで部屋に入るなり何かを感じるという。誰かからプレゼントをもらっていないかと聞かれたので、Aさんが男性からもらった○○さんのグッズを見せると、友人は「自分では手に負えないから、京都のお寺に行って三木住職（語り部）に相談しよう」とアドバイスしたそうだ。

二人から事情を聞いた私は、プレゼントに何かが仕込まれていないかと考え、○○さんの帽子の糸を引っ張ってみた。すると、中には大量の髪の毛が入っていた。どうやら男性が刈った髪を帽子の中に入れたようだ。スリッパの結び目をほどくと足からはがしたと思われる爪が出てきた。これをAさんに渡したとき男性は足を引きずっていた。ぬいぐるみの中には大量の歯が入っている。マスクをしていたのは、そのためか。実をいうと、これらの行為は呪術の儀式なのだ。私が問い詰めると、Aさんはしきりに体調について質問されたと答えた。男性は呪術に効果があるのか確認したかったのではないだろうか?

幽霊以上に怖いのは人間の心かもしれない。私はAさんの体験談を聞いて、そのようなことを思った。

呪いのノート

岸本誠（都市ボーイズ）

僕の友人・Kは「働いたら負け」というポリシーを持つ人物で、以前はホームレス生活を行っていた。Kはゴミを拾い、それを売却して収入を得るなどして暮らしていたのだ。

現在のKはホームレス生活から抜け出したのだが、ある日、彼から僕のもとにあるものを拾ったという電話連絡があった。ホームレス時代の習慣が残っていると僕は感じたが、Kはそれが縁起の悪いものかもしれないので引き取ってくれという。僕が話を聞くと、あるものを拾って以降、夜に眠れなくなる、急に高熱を発するなど体調が優れないそうだ。Kはホームレス時代に野外生活を送っていたが、体調を崩したという話は聞いたことがない。何かがあると感じた僕は、拾ったものとはなんだ？　と問うと、Ｋは「ノート」だと答えた。何が書かれているのか？　と聞くと、一ページ目から不気味な内容が羅列してあったので読めないそうだ。かといって、祟りが怖いので捨てるわけにもいかない。そこでオカルトや都市伝説に詳しい僕に連絡したという。興味を持った僕は、さっそくＫからノートを引き取った。

ノートを引き取って以降、僕もＫと同じく発熱や不眠症に苦しめられた。僕は体質的に弱い方でそうなることは珍しくないが、続けざまに二人が同じ症状になるというのは不自然だ。僕はノートに何かが隠されていると考え中身を確かめ始めると、日記のような文体で「私は誰かに付け狙われている」「私の娘も男に付け回されていた」といった内容が書かれていた。読み進めていくと、「今日、私は殺しをしなくてはならない」などと物騒なことも書かれていた。さらに読み進めていくとその日記は、ある箇所は突然途切れ、般若心経のような文字がページ一面にびっしりと書かれていたり、またある箇所は「秘密結社に命を狙われている」など、支離滅裂な内容になっていた。ただ、確かに書いてある内容は不気味だが、ただのノートに呪いのような効果があるとは信じがたい。僕はノートを書いた人の素性を調べようとノートの中のキーワードを拾い上げてインターネットで検索しているうちに、母親が心中をはかり風呂場で娘を殺したが自身は夫に食い止められて自殺に失敗した、という事件を扱った過去の新聞記事がヒットした。このノートには、その母親が書きこんだようだ。

人間の強い情念が影響を与えることもあると僕は考えたが、母親は狂ったがゆえにノートに書きこんだのではなく、ノートに書きこんだことによって狂ったのかもしれない。なぜなら、ノートの中に書いてある内容は同一人物が書いたとは思えないからだ。字体も内容もバラバラだ。このノートはさまざまな人を狂わせて誰かに受け継がれているのかもしれない。事実、Kから僕へと受け継がれた。僕がこのノートに何かを書きこんだら、はたしてどうなるのだろうか……?

毛無山の怪

志月かなで

これは、私の大学時代の先輩の、マキさんという女性が体験した話だ。

マキさんは大学三年生のある日、自分の彼氏と、親友のユリさんとその彼氏の四人で、小樽の「毛無山」に向かった。この山は、地元でも有名な心霊スポットと言われている。自動車で山に向かう途中、車内では自然と怖い話を語る流れになり、ユリさんがおもむろにこんな話を始めた。

「人を火葬にした後の骨って、足の骨から順に骨壺に入れていくんだって。順番を間違えると、あの世で立てなくなっちゃうんだってさ～」

その途端、突然リーン！　リーン！　リーン！と、ユリさんの携帯電話から、設定していないはずの大きな音が鳴った。慌てたユリさんが携帯の画面を見て発信者を確認すると、自動車を運転しているはずのユリさんの彼氏の名前が表示されている。

ユリさんが呆然と「えっ……？　電話、かけてる？」と問いかけたが、運転手の彼は「はっ？　俺運転してるし、かけるはずないよ」と否定した。二人が戸惑っている間、後部座席に座っていたマキさんが何気なく自分の携帯電話の画面を見ると、そこには「圏外」と記されていたのだ。

この出来事で四人は意気消沈したが、いざ毛無山に到着すると再び馬鹿な話を始めて騒ぎだした。若者らしく騒いでいる最中、マキさんたちは向こうの崖の方に、ふわーっと浮かぶ、白い靄のようなものを目撃したのだ。しかし、しばらく注視していると靄はフッと消えてしまう。

「あれ、なんだよ？」と彼氏たちが笑いながら話していると、靄は同じ場所に再び浮かんで、徐々に人のような形になってゆく。すると、その人型の靄は、

ひゅーっ、グチャ……

突然、山から飛び降りたのだ。しばらくすると再び人型の靄が現れて、
ひゅーっ、グチャ……!!

繰り返し繰り返し、飛び降りている。

四人はそれが霊なのだと気が付いた。

（飛び降り自殺を繰り返しているんだ……）

恐怖を感じたマキさんたちが一斉に自動車に乗り込んで下山しようと試みる。すると、靄はフワァ……とこちらに近づいてくるのだ。運転手であるユリさんの彼氏は自動車を発進させようとするが、指先が震えてエンジンがなかなか掛からない。

その時マキさんには、ずずっ、ずずっ、ずずっ、と何かが引きずられるような音が聞こえていた。どうやら、靄が自動車のドアの縁をつかんで横滑りしているようだ。

その様子を見てしまったマキさんは、「ああ、私、今すぐ車から出て、あの崖から飛び降りなくちゃ……」と思ったという。マキさんの異変を感じた彼氏が助手席から振り返り「マキ！　出たいんだろう!?　車から絶対に出るなよ!!」と叫んだ。

それを聴いたユリさんの彼氏は思い切りアクセルを踏み込み、ようやく四人は毛無

山を後にしたのだ。

すっかり気が滅入ってしまった四人は、何処にも寄らずに帰宅することとなった。マキさんと彼氏は、ユリさんの彼氏が運転する車で、当時同棲していた住居に送り届けられた。

玄関のドアを開けると、普段はおとなしい飼い猫が爪を立てて、シャーッ！ シャーッ！ と凄まじい勢いで威嚇してくる。どうやら飼い猫はマキさんたちに対してではなく、背後にいる「何か」に対して必死に威嚇しているようだ。薄気味悪さを感じた二人は、その晩は風呂にも入らず寝床に入ったという。

その日、マキさんはこんな夢を見た。何者かが運転している車の後部座席に、マキさんと彼氏が座っている。やがて運転手の男が振り返り、「自分は坊主だ」と名乗った。その男の頭はぼさぼさの散切りで、大変不気味な容貌をしていた。

（えっ、……散切り頭なのに、お坊さんなの……？）

マキさんの不安をよそに、自動車は不気味にぐねぐねと曲がりくねった山道を進み、とある石段の前にたどりついた。見上げると、その石段の上には赤い鳥居が見えている。

「坊主なのに、鳥居……？　何かおかしい」

到着するなり、坊主と名乗る男は自動車から降りて、薄汚れた裸足のままで石段を登りはじめた。すると、彼氏も吸い寄せられるように後を追って石段を登っていく。石段を登りきると、あの赤い鳥居の前で、散切り頭の男が振り向いた。手のひらをマキさんに突き出して「君はここには入れない。彼は……前に此処に来た時の償いをしなくてはいけないからね」と言ったのだ。彼氏は今にも鳥居をくぐろうとしている。

「行っちゃダメ！　行っちゃダメ！」マキさんは彼に向って手を伸ばし必死で叫んだ。


「――おい！」

肩を強く揺すぶられて目覚めたマキさんの目の前には、彼氏がいた。彼によれば、眠りに就こうとしてすぐに金縛りにあったのだという。なんとか目を動かして隣にいたマキさんを見ると、〝夢を見ていた〟というマキさんは、大きく目を見開きながらこちらを凝視して、ぶつぶつぶつ……、とお経のような言葉を唱えていたらしい。そして、マキさんは足の爪で彼氏の脛のあたりをさかんに引っ掻いたそうだ。彼氏が脛を見せるとそこには確かに赤い傷跡が残っている。だが、マキさんは寝る前に厚手の靴下をはいていたので、引っ掻けるはずがなかったのだ。おかしい。何かがおかしい。

マキさんがおそるおそる「あのね、私……こんな夢を見たんだけど」と、今見たばかりの夢の話を打ち明けると、彼氏は「ああ……。心当たり、あるな……。昔、毛無山で、良くないことをしたんだ」と言ったきり黙りこんでしまった。

それ以上は何度問いかけても、何も訊くことは出来なかったという。

マキさんたちを送った後、ユリさんの彼氏が運転する車は電柱に衝突して自損事故を起こし、ユリさんの彼氏は死亡したそうだ。

あの晩、マキさんは自分の彼氏には伝えられなかった話があるのだと、筆者にだけ打ち明けてくれた。

それは、あの日夢を見ていたマキさんを必死に眠りから起こそうとする彼氏の向こう側に、ぼさぼさの、散切り頭が見えていたということだった……。

問いかけるナニカ

志月かなで

これは、マッキーさんという私の知人の女性から聞いた話だ。

マッキーさんは霊感が強く、街中で霊の類を見かける機会が多い。だから「他の人よりもちょっと人口の多い世界に住んでいる」と、ある種の親しみをもって語る。

彼女は学生時代に修学旅行で沖縄に行った際、ガマと呼ばれる、太平洋戦争時に防空壕として使用された洞窟に立ち寄ったという。その時、ある男性の霊が守護霊として彼女に取り憑き、それ以降は低級霊がマッキーさんに対して悪戯にちょっかいを出すことはなくなったそうだ。そのため、最近は怖い体験をする機会はなくなったが、この出来事については思い出すと今でも背筋がゾッとするという。

数年前、マッキーさんがご両親と妹の家族四人で熱海旅行に訪れた際、帰り際に城ヶ崎海岸へと足を伸ばすことになったそうだ。城ヶ崎海岸は断崖絶壁になっていて、サスペンスドラマのクライマックスシーンの撮影によく使用されている。そんな有名な場所にマッキーさん達の自動車が到着した途端、彼女は心の中で（うわっ！）と叫んだ。海岸に、人の「思念」がいくつも漂っていたからだ。思念はそれぞれ笑ったり、泣いたり、怒ったりしている。（人以外のものも多いなぁ……）と思いながら、マッキーさんは乗車していた自動車から降りて、家族と一緒に歩き出した。途中、人とは思えない何かとぶつかる感覚を何度か覚えたが、このような場所だから仕方がないと気楽に考えていたそうだ。

やがて門脇吊橋という橋を家族四人で渡ることになった。長さ四十八メートル、海面からの高さが二十三メートルもあるこの橋。高さが二十三メートルというと、およそビルの七階と同じ高さである。こんなところから落下したら、もちろん即死だ。

おそるおそる歩いていると、前方に小学校二年生くらいの男の子とそのご両親を見つけた。「僕、高い所、怖くないよ！」と、父親の手を握りながら、男の子がはしゃいでいる。マッキーさんがその光景を見て微笑ましく思っていると、後方から、ひたひたひたひた……。ひたひたひたひた……。と、足音のようなものが聞こえて来た。

何だろう、と咄嗟に振り返ると、ドッ！　と肩口に何かがぶつかった。慌てて確認すると、黒くてドロドロしている、女の姿をした「ナニカ」だった。マッキーさんが（嫌だ）と思っていると、ナニカは、その男の子のお父さんのもとに、ひたひたひた……。ひたひたひた……。と近寄っていった。ひたひた……。ひた。やがてそのナニカは、目の前のご家族の父親の首に、だらりと長い腕を巻き付けたのだ。そうして耳元で「あんたなんかが、のうのうと生きているのはおかしいんだよ……」と囁いたのだ。低く響き渡る、怨念籠もった恨みがましい声だった。その後、ナニカはマッキーさんの方に振り返ってニヤリと笑い「あなたもそう思うでしょ？」と問いかけたという。

そのままそのご家族は吊り橋を渡り終え、やがて人混みに紛れてしまったのだそうだ。

幸せそうに見えた家族のお父さんの過去には、一体なにがあったのだろうか。その後どうなってしまったのか。

マッキーさんはあの時、怖くて何も返事が出来なかったというが、もしもあのナニカの問いかけに答えていたらどうなっていたのだろうか……。

その〝もしも〟を想像する度に、今でも背筋がゾッとするそうだ。

笑わされる!!

由乃夢朗

僕の生まれ故郷の宮城県仙台市には「七北田川」が流れており、子供のころは遊び場にしていた。七北田川には合戦の際に血に染まったというい われがあり、僕も動物の死骸がたくさん転がっていたり、川上から大量のお札が流れてきたといった光景を目にしたことがある。エッチな本も落ちていることがあったので、いろいろな意味でドキドキする場所だった。友達と騒ぐのも楽しいが、僕は七北田川に一人で赴いて川のせせらぎを聞いたりするのも好きだった。

ある日、一人で七北田川の河原で遊んでいた僕は生き物を手に取ってみたくなり、ザリガニを捕まえようとした。夢中になって探していると「ククク、フフフフフ……」と嫌な笑い声が聞こえてきた。僕は自分一人の世界が馬鹿にされた気がして少しムッとなり、声の主を探したが誰もいない。辺りには人が隠れるような場所もない。笑い声が一瞬で消えたことも重なり、僕は大して気にせずに河原を後にしたのだ。

それから数日後、僕は七北田川の近くに所在するショッピングモール内の空手教室に通っていたのだが、帰りに母親がショッピングモールで買い物をする際にお菓子を買ってくれると言うので、僕が菓子売り場を物色していると、あの「ククク、フフフフフ……」という笑い声が聞こえてきたのだ。見渡してもそんな声を発している人はいない。当時は弟が生まれたばかりなので家庭があわただしく、その日は空手教室の疲れもあったので、幻聴か何かかと思い込んで気にしないようにした。

さらに数日後、スイミングスクールに参加している最中、またあの笑い声が聞こえてきたのだ。その声が周囲に響き渡るが誰も気が付いていない様子。(僕しか聞こえてない?)そう思った瞬間、「ひゃはは、ひゃははははは!」と、自分の意志に反して突然僕自身が笑い出したのだ。自分の笑い声を聞いて、僕は幼いころの体験を思い出した。

僕が四歳のころ、夜中にたびたび泣き叫ぶことがあり、そのたびに親になだめられていた。頬をはたくと素に戻ったそうだが、ある時、親が泣き叫ぶ僕の頬をはたいていると、僕は突然親の胸ぐらをつかんで「俺の遺灰を持ってこい！」と、子供とは思えない声で怒鳴り続けたそうだ。それを受けて両親は僕を寺に連れてゆき、読経を唱えられたりお題目を覚えさせられたりしたのだ。

そのようなことがあったので、僕は「何かに支配される」ことはないと思っていたのだが……。プールで笑い声をあげている時、僕は昔のことを思い出して心の中でお題目を唱えていた。この後、このような現象は発生しなかった。

それから二十年後、神奈川県某所で一人暮らしをはじめた僕はこんな夢を見た。

最寄りの駅のホームの上に赤い神輿のようなものがある。近づいて中を覗こうとすると、一瞬にしてその中に入ってしまい、体は縄で木にくくりつけられている。すると、キコキコキコキコ……というからくり人形の稼働音のような音と共に、僕と同じようにがんじがらめにされた能面のような笑顔を浮かべた女性が現れ、「クク、フフフフフ……」と二十年前に聞いたあの笑い声を発したのだ。そして、キコキコキコキコ……、と音を立てながら女性は僕に近づいてくる。その笑い声は鳴き声のようにも聞こえた。

思わず僕が叫んで夢から覚めると、体が夢の中と同じポーズで動かなくなっていた。そして、僕は「ふははは！　ははは‼　ひゃーははは！！！」と精いっぱいの笑い声をあげた。もちろん意志に反してだ。心の中で、必死でお題目を唱えて自分を押さえつけようとした。やがて、僕は平静を取り戻したのだが、あまりにも長く笑っていたためか、顎関節症になってしまい、一か月ほどまともに食事ができなかった。笑うことは健康にいいことと言われるが、憑りつかれて「笑わされる」

のはつらいものだ。

A君の普通でない日常

山口敏太郎

Cさんは千葉県内にある某工場に勤めていた。工場といっても従業員が数百人いる大規模なものであり、工場内には社員のための社員食堂が作られていた。

「さぁ、昼飯でも食おうか」

Cさんはまだ独身であり、昼休みは社員食堂で日替わり定食を食べるのを楽しみにしていた。ある時、同僚たちと食堂でくつろぎながら日替わり定食を食べていると、食堂のおばさんの悲鳴が上がった。

「あれ、いつの間に」

素頓狂な声を上げるおばさんの方を見たCさん。おばさんは空になった食器を手に呆然としている。その姿を見たCさんは、おばさんに駆け寄り声をかけた。

「おばさん、どうしたの大きな声なんか出して」

おばさんは額にしわを寄せながらこうつぶやいた。

「またやられたのよ」

「またやられたって……？」

二人は視線を空になった食器に移した。サンプルの日替わり定食は乱暴に食い散らかされていた。

「見本としてその日の日替わり定食を食堂の外に掲示しているのだけど、いつの間にか誰かに食べられているいるのよ」

おばさんは憂鬱そうな顔してそういった。

十二時から十二時二十分ぐらいにかけて社員食堂は修羅場になる。各セクションの社員たちが一気に押し寄せて、食堂のおばさんたちはてんてこまいになるのだ。その間に何者かが見本として廊下に掲示されている日替わり定食を食べてしまうのだ。

「ずいぶんと卑しい奴が居るね」

Cさんはおばさんを慰めると、自分のセクションの休憩室に戻った。休憩室では、

変人で評判のAくんが悠然と座っていた、

「君はいつも早いね」

Cさんはタバコに火をつけると、Aくんに話しかけた。

「僕は一日二食なんです。朝と夕方しか食べませんので」

Aくんは淡々とした口調で答えた。

(二食……？　何かの健康法か)

Cさんはいぶかしく思いながらAくんの方を見た。この男は社内でも変人で通っていた。昼飯を食べることなく、いつも一番に休憩所で休んでいる。アフターファイブの誘いも一切断り、仲間たちとはプライベートの付き合いを一切していなかった。

「社内の備品がなくなる事件、誰が犯人かわかったんですか?」

能面のような表情でAくんがCさんに聞いてきた。

「いや、何もわからないらしいよ」

「そうですか」

そう言いながらAくんはニヤリと笑った。

ここ一年ばかり様々なものが社内からなくなっていた。会議室のテレビ、給水室のポット、課長の愛用のラジオなどその数は数十点に及んでいた。

「それよりか、Aくん、今夜の新入社員歓迎会は参加するよな」

今夜は工場に新しく入った新入社員の歓迎会が開かれる予定だ。日頃は付き合いの悪いAくんも、今夜ばかりは参加してもらわないといけない。係長と言う役職を拝命しているCさんは、挑むような視線でAくんに語りかけた。

「いっ、いきますよ」

視線をそらしながらAくんはそう答えた。

(ほう、こいつは珍しいな。今夜はしこたま酒を飲ましてやるか)

Cさんは内心そう思った。

その日の飲み会は大変盛り上がった。付き合いの悪いAさんも皆に勧められるまま、大量のお酒を飲みいい気分で帰っていった。

「あいつの家って謎なんですよね」

千鳥足で帰っていくAくんの背中を見ながら、部下の一人がそうつぶやいた。

「彼の家をだれも知らないのか」

「誰も知らないんですよ。頑なに一緒に帰ることを拒否してるんです」

部下たちは口々にそういった。

(そうか。やはり何かおかしい。俺が後をつけてみるか)

少しばかりいたずら心を起こしたCさんは皆と離れ、Aくんの後をつけて行った。

酒に酔っているせいだろうか、尾行されていることも気づかず、千鳥足でヨタヨタと歩くAくん。

彼はそのまま深夜の会社に入っていった。

「なんた。あいつ。深夜の会社に入っていったぞ」

Cさんが驚きながら見ていると、Aくんは休憩室の机の上に乗り、(ずりずり)と屋根裏に潜り込んでいた。

「何をする気だ。あいつおかしいぞ」

驚いたCさんが警察に通報し、Aくんはそのまま御用になった。

屋根裏には、会社から消えたすべての物品が揃えられたAくんのプライベートルームが作られていた。

――――――――謎めいた彼の家は、会社の屋根裏だったのだ。

また、社員食堂の見本の日替わり定食を食べていたのも彼であった。

「あいつ、部屋代と食事代をケチってたんですよね」

Cさんは筆者に向かってニヤリと笑った。

以来、会社始まって以来の奇人変人としてAくんの名前は、工場で代々語り継がれている。

あなたの会社の屋根裏、確認した方がいいかもしれません。

Kちゃんのにおい

赤井千晴

十年ほど前でしょうか、私は東京都内で音楽活動をしておりまして、その頃に知り合ったKちゃんという男性の話なんですけどね。

当時Kちゃんは二十代前半、黒髪の短髪に色白で少女のような端正な顔立ちをした男性でしたが、何故かいつも自信なさげに俯いていていて辛気臭いような雰囲気を纏っていました。

そんなある日、Kちゃんから「とあるバンドのライブに行ってみたいからついて来てほしい」と連絡があったんです。私たちが友人となるきっかけになったバンドでしたが、まずKちゃんが人を誘うなんて珍しい事ですし、そのバンドのライブはかなりノリが激しいので、いつも大人しい彼がどういう心境の変化だろうかと驚くと同時に嬉しくて、それはもう連れて行こうじゃないかとチケットを手配しました。

ライブ当日、最初は壁際で大人しく観ていたKちゃんでしたが、会場の盛り上がりと共に汗だくになって楽しんでいました。

終演後、ライブの高揚感を抱えたまま二人で飲みに行ったのですが、大人しい彼がその日は匂いのきつい香水をつけていることが気になって「香水をつけているの?」って、聞いたんです。そしたらKちゃんはひどく緊張した表情になって「つけてないよ」って言うんですね。私は照れ臭かったのかなと思って話題を流そうとしたのですが、その後もしきりに「まだ匂いする?」って聞いてくるんです。それからKちゃんはだんだん思いつめたような表情になって、意を決したように話し始めました。

「実は、誰にも言えなかったことがあってさ。僕、今の会社には入社したばかりで一年くらいは仕事をしていなくて、その前は違う会社にいたんだ。その頃、初めての一人暮らしでマンションを借りたんだけどね、そのマンションが部屋ごとにオーナーが違っていて、隣の部屋なんかは扉に異様な程たくさんの鍵が取り付けられていて、変わった人もいるもんだなって思ってた。

でも、引っ越してからすぐ気になることがあって、部屋の中が香水臭くなることがあるんだ。特にシャワーを浴びている時、甘ったるい女物の香水の匂いがしてきて、誰かから見られているような気配がする。早く出なきゃと思って急ぐんだけど、そのうちどんどん匂いが強くなってきて、なんだか、動物のにおいみたいなものに変わってくるんだ。それで耐えられなくなって風呂場から出て窓を開けるんだけど、においが全然消えない。だからいつも風呂上がりはベランダに逃げたりしてたんだ。

でももう腹が立ってきちゃって。

これはもう換気扇から隣の部屋のにおいが流れ込んできているんだろうと思って、隣のたくさん鍵が取り付けられている部屋を真っ先に疑ったんだよ。動物でも飼ってるんじゃないかって。それで、ベランダ側から部屋の中を見てやろうと思って、身を乗り出して隣を覗き込んだんだ。

そしたら、窓はブルーシートで全面目張りがされていて、何にも見えなかったんだよね。


それから、そのにおいが毎日続くようになって、そのうちどこにいても何をしていても、そのにおいがしているような錯覚に陥るようになっちゃって。集中力が続かなくて、仕事も手につかなくなって…。母親に心配されてさ、仕事を辞めて一度実家に帰ったんだ。

だけどその夜、急に背中が痛くなって目が覚めたんだよ。何だろうと思って母親に見てもらったら、背中いっぱいに引っかき傷みたいなミミズ腫れがあったらしくて、そのまま病院に連れて行かれてさ。医者に診てもらったんだけど原因はよくわからなくて、母親から何か心当たりは無いのかと聞かれたから、マンションの話をしたんだ。そしたら、それはいかん！　と言ってお寺に連れていかれて。そこで住職さんから『君はね、今住んでるところから早く出た方がいい。このままだと死ぬよ』って言われちゃってね。でもこんな理由だから不動産屋は信じてくれなくて色々揉めたりしたんだけどさ。なんとか色々片付いて、ようやく仕事ができるまでに戻ったんだ。でも今までこんな話、誰にも言えなくて……」

「ねえ、僕さ…、まだ、何か匂う？」

と、身を乗り出したKちゃんからは、正直少し、動物のにおいがしました。

防空壕でのかくれんぼ

小森拓也

これは数十年前、Aというお婆ちゃんが子供のころに体験した話だ。

当時のAちゃんは太平洋戦争時に作られた防空壕がある小さな村に住んでいた。幸い、この村は空襲被害を受けなかったので避難用に使われることはなく、戦後は子供たちの遊び場となっていたのだが、やはり危険なイメージがある場所なので、大人たちはその様子を見て顔をしかめていた。

ある日、Aちゃんは六人の友達と一緒に防空壕の中でかくれんぼ遊びを行った。日が暮れるとみんなで集まり解散したという。その日の夜、Aちゃんが家族で食事していると、電話が鳴った。応対した母親の様子はなんとなくせわしないもので、電話を切るなり母親はAちゃんの前に近寄り、「ねえ、Bくんがどこにいったか知らない？」と聞かれた。Bくんは Aちゃんの家の近所に住む幼馴染でかくれんぼにも参加していた。母親いわく、Bくんがまだ家に帰ってきていないそうだ。だが、Aちゃんがわかるはずはない。村内ではBくんの捜索が行われ、Aちゃん家族も参加したが探すあてがない。そこで、Aちゃんの提案で昼間遊んでいた防空壕を探すことになった。

防空壕は入り口からしばらく通路を進むと二手に分かれる。左側は行き止まりになっており、右側はAちゃんたちが遊んでいる場所だ。右側を進むと一本道になっているはずだが、さらに右手側には分岐点のようなものが見える。よく見るとただのくぼみだったが、そこにはBくんが眠っていたのだ。Aちゃんの両親が肩をゆすると、B君は目覚めて「なに……ここ？」と言った。どうやら防空壕の中で眠っていたことを自覚していないようだ。その日はAちゃんの父親がBくんをおぶって自宅まで送り届けたそうだ。

次の日の夜、両親が用事で出かけていたので、Aちゃんが一人で留守番していると、電話が鳴った。応対すると、それはBくんの母親からのもので「うちのBを知らない?」と、あせった口調で聞かれた。話を聞くとまたBくんが昼過ぎに出かけた後、夜になっても戻ってこないという。Aちゃんは行く先がわからないと答えたが、昨日の件があったので、防空壕に探しにいった。

Aちゃんが昨日のくぼみがある位置に行ってみると、やはりBくんはそこにいた。だがこの日は眠っておらず、くぼみの奥の方を見つめて佇んでいる。その様子を見てAちゃんはこう言った。「Bくん……、そのおじちゃん誰?」Bくんの隣には見たことがない男性がいて、二人は手を繋いで佇んでいた。BくんはAちゃんの質問には答えず「Aちゃん、ごめんね。もういかなきゃならないんだ」と答えて、二人は防空壕の壁に向かって歩き出した。Aちゃんが(壁にぶつかる!)と思った瞬間、二人は壁の中にすーっ、と消えていった。このようなことを報告しても村の人が信じるわけはない。Aちゃんは自分が見た光景を誰にも話さなかったそうだ。

それから長い月日が経ったが、いまだにBくんは行方不明だ。Aさんはこう言う。

「Bくんは、まだ防空壕の中にいるんだよ。だから、いつか迎えにいかなきゃねえ」

這い上がってきたもの

渡辺裕薫（シンデレラエキスプレス）

十五年前のある日の朝、新聞を読んでいると「五日前に行方不明になった大阪の会社員、北陸の湖で水死体となって発見される」という記事を見つけた。被害者の珍しい名前を読んだ途端、一気に寒気が走った。

その時からさらにさかのぼること十五年、当時大学生だった僕はコンビニでアルバイトを行っていたのだが、アルバイト仲間に珍しい名前を持つ大学生がいた。仮にAと呼ぶ。ある時、Aがゼミ仲間で二泊三日のキャンプに出掛けるのでバイトを休むという。僕がうらやましがっているとAは乗り気ではないそうだ。なぜなら、Aは昔から海や湖など水辺で遊んでいると、いつのまにか家族や友人と離れたところにいるという。その後決まって耳鳴りがした後に何者かに左足をつかまれ、そのたびに右足で蹴飛ばすそうだ。僕はこの話を信じられず、からかわれているのかと思った。

その後、Ａはアルバイトを長期欠席し、二か月半ほど経ってようやく戻ってきたのだが、頬はこけ落ちて、顔色は真っ青どころかどす黒いともいえる。アルバイトの最中に僕が旅行について聞くと、Ａは語りはじめた。

旅行中、ゼミ仲間たちは湖をライトで照らして昼夜問わず遊んだそうだ。未成年だったＡは旅行中に生まれて初めて酒を飲んだらしいが、酔った勢いで（今日は足を捕まれても大丈夫やろ）と考えて、深夜○時ごろ仲間たちと一緒に湖の中に入った。だが、気が付くといつの間にか仲間たちとははぐれたところで泳いでいた。耳鳴りがして（来る来る来る……！）と思っていると、案の定左の足首を捕まれて引きずり込まれそうになったのだ。その時、Ａは自分の足をつかむ者の正体を陸地で確かめようとして必死で立ち泳ぎをしたが、今度は右足をつかまれた。なおも抵抗すると、その者は両手で抱きかかえるようにAの両足をつかみあげたのだ。感触からすると人の手のようだ。その者はずるずる……とAの体を登ってくる。必死に岸へ向かうとライトに照らされた湖面には長い髪の毛が浮かんでいる。その者の髪の毛だろう。Aが（絶対に正体を暴いてやる！）と思っていると、その者は彼の首をつかんで一気に上半身を持ち上げた。そしてAの目の前には人間の顔のようなものが現れた。顔は真っ赤に腫れ、目玉が飛び出し、辺りには肉の腐ったような臭いがただよっている。実はAにはこの顔に見覚えがあった。彼は僕にこう言った。

「あの顔は……、俺の顔や！」

彼は、生まれた時から自分が死んだ時の姿を知らされていたのかもしれない。

哭く人形

渋谷泰志

私は、依頼を受けて盗聴器・盗撮カメラを見つけ出し、取り外す仕事をしている。ある日、私は単身赴任で地方に異動することになった会社員のAさんから、引っ越し先のマンションの調査を依頼された。内容はマンション部屋に盗聴器が仕掛けられていないか確認するというものだ。私が調べたところ盗聴器は見つからなかったが、Aさんは以前に私がテレビ番組で語った人形にまつわる怪談を覚えていたそうで、自分も同じような体験をしたことがあるという。

Aさんが小学校二年生のころ、自宅の玄関に紺色の服を着たフランス人形が飾られていた。Aさんは人形に対して帰宅するたびに、叩く、顔をつねるなどのいたずらを行っていた。ある日、叩こうとしてAさんが近づくと、人形が突然「ナンデ、ソンナコトスルノ？」と言った。驚いたＡさんは母親に事態を報告したが、「お前がいたずらばっかりしとるからや！」と叱られた。

それからもＡさんはいたずらを続けたが再び話すことはなく、やがて古びてきたので人形は押し入れに収納されてしまった。Ａさんが中学校二年生のころ、林間学校の怪談大会の時に人形の話を語ったところ、数名の友人が興味を持った。数日後、Ａさんの自宅に友人たちが集まって庭で花火遊びを行った際に一人があの人形を見たいというので、Ａさんが押入れから取り出して見せたところ、意外に大きく、しかもボロボロになっているので友人たちは恐怖を感じたそうだ。Ａさんが触ってみろといっても誰も手を触れようとしない。その後、Ａさんは、どうせいらないからと人形を庭先に放り投げたのだ。その後、花火を続けているうちにＡさんはこうすれば人形が話すのではないかと考え、花火を人形に近づけた。たちまち人形の顔は溶けて歪み、庭にはプラスチックが焼ける臭いがただよう。そして花火が溶けた人形の顔に突き刺さると、「ウィィィィーーー!!」と奇声を発したのだ。その声を聞いたAさんたちが、あれは本当に人形が発した声かと話していると、Aさんの母親がかけつけて「なに、今の声?」と言った。庭の中で人形が燃えていたので、全員ひどく怒られたそうだ。

Aさんが二十六歳のころ母親が他界した。父親と一緒に遺品を整理していると何かがバスタオルにくるまれていたので確認すると、そこには顔が半分溶けたフランス人形が入っていた。驚いて人形を落とすと、腰の部分で真っ二つに割れた。確認すると中に「大正〇〇年生」と書かれた木箱が入っていたので、開けてみると臍(へそ)の緒(お)が入っていた。これが誰のものだったかはわからないが、とりあえず親族の墓に入れて一緒に供養しているという。Aさんが母親から聞いた話によると、あの人形はAさんの祖母の遺品だという。

ありがとう

渋谷泰志

阪神大震災発生直後、私は救援物資を運ぶボランティア活動を行っていたのだが、現場で仲が良くなった医師のAさんと、この前偶然再会した。これはその時に聞いた不思議な話である。

「あの世のことって知っていますか?」医師という立場の人間の口から「あの世」と言う言葉が飛び出たことに私は驚いたのだが、Aさんいわく、十年ほど前に家でテレビを見ている時に、胸に違和感が生じたという。不快になったAさんは横になっていたが、看護師の奥さんが帰宅するとご主人の様子を見て、ただちに聴診器をAさんの胸に当てた。奥さんは心筋梗塞だと判断し、ただちにAさんは救急車で病院に搬送された。

Aさんは集中治療室に運ばれた。医師や看護師たちがしきりに問いかけてくる。服はハサミで切られて丸裸にされ、下の毛もすべて剃られた。足の付け根から割り箸ほどの太いチューブを通された後に治療が開始したのだ。Aさんには自分が置かれている状況を冷静に観察しており、自分が重傷であるという感覚はなかったのだが、周囲の人々はあわただしく動いている。医師のAさんは看護師たちが発する言葉により、自分の体が危険な状態になっていることを知った。「血圧が五十四まで下がっています！」その言葉を聞いた途端、Aさんは意識を失った。

気が付くと、Aさんは自分が治療をしている様子を見下ろしていた。医師や看護師たちが必死で動いている様子を見て、彼らが自分のことを本気で心配してくれていることを知った。（ああ、俺は死ぬんやな……）とAさんが思った瞬間、逆バンジージャンプのように背中側から強烈な力で引っ張り上げられたという。驚いたAさんが我にかえった時、そこは宇宙空間だった。どこを見渡しても星だらけだ。左足を見ると、長い針が刺さっており、それが宇宙の彼方までつながっている。Aさんの近くには時おりそよ風が吹いて、それに合わせて体が揺れて非常に心地よい。すると、彗星のような勢いで四角く茶色いものがAさんを目がけて飛んできた。手前で止まったそれは大きなドアだった。ドアにはさまざまな文様が掘られていたが、それらは全て結婚式などAさんの過去の人生の体験を記していた。そのドアをよく見ると、対になって両側にノブが二つ付いている。すると、ドアの向こうから「こっち来たらアカンで！」「開けたらアカン！」「こっちに来るな！」という、両親、親族、事故にあった友人など、全てAさんより先に亡くなった知人たちの声が一斉に聞こえてきたのだ。彼らはドアを開けさせまいとしているようだが、Aさんは懐かしさと嬉しさのあまり、ドアに手をかけて開けようとした。だが、どうしてもノブまで手が届かないので、Aさんが「手が届かない！　開かないんや！」と叫んでいると、足元から「おとうちゃーん！」という、娘が自分を呼ぶ声が聞こえてきた。次の瞬間、Aさんはベッドの上にいた。傍らにいた看護師の女性が肩を叩いて「大丈夫ですよ」と励ましてくる。

Aさんは現在、末期がん患者が入院する病棟に勤務している。死を目前にした患者に対して自身の体験を語るという。患者たちは息を引き取る直前、Aさんに必ず「ありがとう」と言うそうだ。

解説

水野岳彦（中日新聞社）

二〇一八年夏、〝実話怪談ブーム〟の到来が近づいてきている感がある。インターネット上では、動画や音声、ポッドキャスト、掲示板における「洒落怖」（「死ぬ程洒落にならない怖い話を集めてみない？」の略）に代表される文字で書かれた恐怖譚など、そこかしこに怪談を見つけることができる。そして、デジタルメディアにとどまらず、そこで交流した人たちが実際に怪談語りを聴いたり各自の体験談を披露するアナログなイベント、いわゆる「怪談会」も、大小規模を問わず全国各地で開かれている。

なぜ、これほど怪談が好まれているのだろう。まず、ネットとの相性がいいことが挙げられる。怪談語りは、映像でも音声でも、ごく手軽にネット上にアップすることができる。次に、費用がかからないという強みがある。音楽やアニメーションなど他領域のコンテンツに比べると、〝語り〟だけで成立する怪談は、圧倒的に手間をかけず安価に、ネットやイベントでの展開が可能だ。さらに、地上波テレビ局で心霊番組の放送が少なくなったことも見逃せない。かつては、一九七〇年代に起きたオカルトブームに端を発する、霊の存在を前提とするシリアスな作風で制作された視聴者投稿の再現ドラマや心霊スポットの取材などが、夏の風物詩的な番組として毎年のようにお茶の間で見ることができた。それが今や、番組の一コーナーで、動画サイトやマニア向けＤＶＤから転用された恐怖映像が時折紹介される程度となっている。地上波からほぼ消滅したこのジャンルへの愛好家の渇望が、ネットやリアルイベントにおける怪談の視聴や自身の語りの披露に向かったのは想像に難くない。

そもそも怪談・怪異譚とは、古（いにしえ）の時代の口承に始まり、文字で編纂された物語集へ、そして現代のメディア環境にまで、連綿と人間社会のなかで普遍的に受け継がれてきた伝承・巷説の一種であるのだが、この非科学的文化がネット時代のコンテンツとして改めて花開くというのは、極めて興味深い事象といえる。

「怪談王」は、そんなネット時代における実話怪談の人気の広がりを見越して作家の山口敏太郎さんと私が企画した、シアター形式の怪談イベントである。最も恐ろしい怪談を審査して決定するという方式は、今年で放送十周年を迎えた関西テレビの番組「稲川淳二の怪談グランプリ」などですでに行われてきた楽しみ方だが、そこに、格闘技のK-1などのようなトーナメント対戦形式という、怪談師による語りに話芸競技的な趣向を加え、よりエンターテインメント要素を深めたのが「怪談王」だ。対戦が上位同士に進むほど、より巧みな話芸による恐ろしいエピソードを聴くことができるシステム、そんな要素も観客に提供したかった目論みの一つである。

最初の「怪談王」は、愛知県犬山市の博物館明治村にある、明治二五年に大阪で建てられた後に明治村へ移設された芝居小屋「呉服座（くれはざ）」で、二〇一六年に開催した。明治村に開催を持ち込んだ理由は、同村の初代村長が徳川夢声（一八九四～一九七一）であったことに拠るところが大きい。弁士・漫談家・作家など多岐にわたる分野で活動し大正～昭和を代表する話芸の達人だった夢声は、幽霊譚や怪談話も得意としていた。なかでも、幕末の勤王志士・田中河内介の最期と、大正時代に泉鏡花らが主催したといわれる怪談会が絡む因縁話「田中河内介」「続 田中河内介」は実話怪談史上に残る名作でもあることから、その夢声とゆかりの深い明治村を舞台にこの企画を立ち上げたかったのである。初年度の「怪談王」は好評を博し、翌年は、呉服座を東海地方在住の怪談師が出場する地区予選の会場とし、その代表とともに関東・関西から著名な怪談師を招聘しての決勝大会を名古屋の今池ガスホールで開催。そして今夏は、関東・関西・東海各地区で予選を実施し、各地区代表に昨年の優勝者を加えた八名による決勝トーナメントを行うまでに発展を遂げた。前述したとおり、今、実話怪談が人気を集めているゆえの躍進だろう。

この本「戦慄編」には、その二〇一六年と一七年の「怪談王」、そして一八年の各地区予選で出場者たちが披露した怪談から、読み応えがあるエピソードを選び、収録した。結果として、恐怖度が高いのはもちろん、亡き親族との交信、時代を象徴する霊的アイテム、霊の物質化、呪術、土地に残る思念、死後の世界など、様々な趣向が揃った選集となっている。

大赤見展彦さんは、ヴィンテージというお笑い芸人コンビ（現在は解散）の〝のぶ〟としてテレビ番組にご出演されて怪談を披露されたのをご覧になった方もいるだろう。ご自身が霊に憑かれやすい体質であると公言しており、自分の体験談としての怪談を語るのが多いようである。「見つけて……」は、大赤見さんが海岸のトイレで遭遇した女性の霊にそのまま取り憑かれ、その後交際した彼女の母親がその霊を大赤見さんから引き離そうとする。最初にその霊と遭遇したのが「二十年ほど前」とのことなので一九九八年ごろ、彼女の母親に会った時は一九七九年生まれの大赤見さんが「二五歳ごろ」の二〇〇四年ごろなので、都合六年にわたり大赤見さんはその霊に憑かれ続けていたことになる。トイレットペーパーの蓋に霊が映るというJホラー映画を思わせる怪奇現象に始まり、それ以上に恐ろしいのがその霊を祓おうとする彼女の母親であったという、怖さのなかにユニークな場面が指し込まれる、中身の濃い話である。

伝説的なラジオ番組「サイキック青年団」のパーソナリティとして知られ、作家として活躍する竹内義和さんからは、背筋が凍る一方で心を打つ二篇をご提供いただいた。「ユタの視た霊」に登場する竹内さんご自身に憑いた老婆の霊は、竹内さんの実の祖母だった。お母さんが二歳の時に亡くなっており、文面から推察するにお母さんはその方の外見を正確に覚えているわけではないようだ。面影も知らぬ母が、自分だけでなく自分の息子ともあの世から交信する、竹内さんのお母さんのご心中はいかばかりか、「お袋は震えるのではなく、体中が熱くなって」という表現がそれを物語っている。名字を巡るオチも含め、亡き人との絆を思い起こさせる、お盆に聞きたいエピソードだ。なお、〝ユタ〟とは、沖縄の独自の伝承のなかで現代にも存在するシャーマンたちの名称で、極めて強い霊能力を持っているとされる。彼女たちが登場する沖縄の怪談は、いずれも神秘的な雰囲気に満ちた不思議な物語ばかりだ。「死の間際に見せたもの」も、親戚であり信頼できる先輩でもある人物の死を目撃してしまった体験者の〝手違い〟が成仏を妨げてしまい、先輩が水のなかから文字通り〝浮かばれず〟にそれを訴えかけてくるという、切ない物語である。

〝オカルトコレクター〟を名乗る田中俊行さんは、二〇一三年に「怪談グランプリ」での優勝という鮮烈デビューを果たして以来、冒頭に述べたような各地の怪談会に呼ばれて人気を集めている怪談師だ。私は彼を〝怪談会のヴィジュアリスト〟と呼んでいる。怪談とは言葉や文字のみで伝達されるものゆえに、その状景をイメージしづらい語りもあるのだが、こと田中さんの怪談については、脳内で視覚的なヴィジョンに転換されて浮かびあがってくる。そのくらい、彼の怪談には、インパクトがあり鮮明な場面が頻繁に登場するのである。この本には、田中さんの怪談が最も多く収録されている。「話してはならない」は、禁忌（この場合は、忠告により禁忌化したもの）を破った者が報いを受けるという、平安時代の説話集にも登場する古典的な設定なのだが、特筆すべきは、M君が事件の話をするたびに空中に現れた腕が近づいてきて、あと一度でまさに絞めんとする、という描写である。その光景は私の脳内ですぐに視覚化され、某人気コミックのように「ゴゴゴゴ」と擬音までついてきた。「深夜のバイク」「首」は、どちらも生々しい描写が特徴的で、田中さんの怪談師としての実力を際立たせている。

身近にある人形が凶事の原因であるという〝人形怪談〟は、江戸時代から現代に到るまで数多くの逸話が残っているが、その大半が、日本人形にまつわるものだ。

だが、お笑いコンビ〝ホタテーズ〟として活躍する川口英之さんが今夏の「怪談王」関東大会で披露したのは、人形といっても、アニメのキャラクターのフィギュアが家族の未来を示唆するという、この時代ならではの〝人形怪談〟だった。人形自体は霊が宿る器であるわけだから、その一種であるキャラクターフィギュアに霊が棲みついたとしてもなんら不思議ではない。時代の流れとともに変遷する社会や文化が巷説・口承に与える影響を社会学の研究材料とするならば、この川口さんの体験談は、重要な資料として保存されておくべきものだろう。

同じく川口さんによる「霊の居場所」は、霊が出るというコンビニで実際に現れたのが、川口さんの友人がそこまで乗ってきた車に憑いている別の霊だったという話。霊もその友人と一緒に下車していたという、貴重な心霊事例である。心霊体験には後述する〝ついてくる霊〟というパターンがあるが、地縛されていない〝霊の移動〟は、この手の話を怖くする要素の一つだ。

「絡みつく毛」を提供していただいたいたこ28号さんは、怪談愛好者の間では非常に人気の高い怪談師である。彼の体験もしくは蒐集した怪談には、想像もつかない、〝突拍子〟という表現が最適な怪異が起きる。しかし、それはもっともなことなのかもしれない。実話怪談とは、自らが体験した、もしくは体験者から聞いた、実際に起きたとされる不可解な出来事を指す。現実に起きる怪異には、原因の解明もオチもないものが大半であろう。Aさんの自宅に侵入してきた生霊とおぼしき者の毛髪は、最後にとんでもないところからその姿を現す。我々の凝り固まった常識では計り知れない領域からやってくるのが、怪異の怪異たるゆえんである。

芸人の〝ルサンチマン浅川〟こと浅川渉さんが怪談語りに初挑戦した「故郷での再会」は、浅川さんが帰郷された際に自身が体験した恐怖譚だ。スティーブン・キング作品のような、帰郷した主人公がノスタルジーに浸るさなかに超自然的な存在から狙われる、というような味わい深い内容ではなく、現代社会が抱える深刻なテーマ「いじめ」がキーワードとなっている。まるで探偵小説のようなオチだが、消息不明な昔の同級生が自殺したという噂が流れるだとか、何年も会っていなかった兄弟の外見の区別がつかなかったというのは、この話でなくとも現実に聞いたことがある。怪異が主題ではないが、浅川さんの相方が〝口寄せ〟を行ったのは兄弟の怨念の影響を受けてとも考えられるし、実話らしい緊迫感にあふれたエピソードなので収録した。

あーりんさんの「新古物件」は、その土地で過去に起きた出来事が、時を超えて来訪者の視覚に再現されるという現象が起きるマンションの話。スタンリー・キューブリック監督の映画「シャイニング」（キングの原作とは作中で起きる超常現象についての解釈が異なっており、キングはその原因を明確にしているので、ここでは映画版）の舞台である山奥のホテルで主人公が入り込む、昔そこで開かれたはずの舞踏会がこれに近いだろうか。しかし、そんなことより「新古物件」の文中で最も恐ろしかったのは、あーりんさんが「霊を感じない人なら実害もさほど無いので、マンションを購入しても問題はない」と、こともなげに友人へアドバイスをするくだりである。私は霊が視える人間ではないが、寝室に「あきらかに尋常な雰囲気ではない」女の霊がいるマンションを購入することなど、恐ろしくてとてもできない。そのうえで購入を決意する友人の判断も怖い。笑いで締める最後のオチより、よほどこでインパクトを受けた。

〝怪談和尚〟の異名で知られる三木大雲さんは、京都にある日蓮宗の寺院・蓮久寺の住職でありながら、イベントやテレビ番組にも出演して怪談を語るという異色の怪談師。本職のイメージもあってか、三木住職の語りは、現実と霊的な世界の境界がなくなってしまうような感覚に襲われる、これぞ実話怪談というべきものばかりだ。「ノック」では、気軽に心霊スポットに訪れた大学生の自宅に、霊が追いかけてくる。〝ついてくる霊〟という現代怪談の定型の一つだが、ポルターガイスト現象で大学生を追い詰めた霊が、最後は住職の前で物質化して窓に頭をぶつけてくるという暴挙に出る。〝住居〟を侵された霊の怒りが伝わってくるようだ。一方の「プレゼントの中身」には、霊そのものは登場しない。人が人を霊的に攻撃しようとする〝呪術〟がテーマになっており、本職の方で日常的に霊障に関する相談を受けている三木さんの見識の広さをうかがわせる。大変好評だという怪談を交えた三木さんの説法を、一度聞いてみたいものである。

岸本誠さんの体験談「呪いのノート」も、同様に呪術的な領域に属している。

「プレゼントの中身」が、意図的に様々なツールを用いた呪いであるのに対して、岸本さんの所有するノートは、所有者の怨念の連鎖により偶発的に成立してしまった呪術具といえるだろう。〝呪いの感染〟とでも表現すべき、普段は都市ボーイズという都市伝説を紹介するコンビの一人として活動している岸本さんならではの、異色の一篇となった。

「毛無山の怪」「問いかけるナニカ」は、女流怪談師・志月かなでさんが得意とする怪談である。彼女は日常的に朗読やナレーションの訓練を積んでおり、感情表現豊かな語り口で、霊が訴える情念を迫力満点に表現する。「毛無山の怪」は、体験者のマキさんと、心霊スポットで禁忌を犯したらしいマキさんの彼氏が怪異に遭遇するが、禁忌自体については、それが何だったのか判明しないままその彼氏が亡くなるという、後味の悪い話である。飛び降り自殺を繰り返す霊というのも、その原因を探ってみたい現象だ。「問いかけるナニカ」に登場する子連れの父親に絡む霊は、城ヶ崎海岸に棲む地縛霊か、それとも父親と男女関係にあった後死んだ女の怨霊か、はたまた継続中の不倫関係にある愛人の生霊か。志月さんの怪談については、実際に彼女の語りを聞いて〝志月サラウンドシステム〟で体感するのもお薦めする。
最後に渋谷泰志さんの「ありがとう」にふれたい。医師のAさんが体験した臨死体験は、ドラマ「トワイライトゾーン」のオープニングのように、SF的で、ファンタジックだ。死を目前にした患者たちは、Aさんからこの体験を聞くと、安心して息を引き取る。これだけ科学技術が発展した文明のなかで生きる人間たちも、最後は死後の世界の実在に安息を求める。目に見えないものによって心が救われることもある、ということを「ありがとう」は教えてくれる。「怪談王」も例にもれず、とかく怖いことを求められるのが怪談話であり怪談会なのだが、時折、こんな癒しの寓話もある、ということも伝えておきたい。

実話怪談は、実話であるゆえに定型はない。本稿ではすべてを紹介できていないが、この本に収められた二十三篇だけでも、ストーリー展開、起こる怪異の形態から読後感まで、各々に個性がありバラエティに富んでいるのがご理解いただけると思う。古きは口承で、そして現代社会においては紙媒体や放送のみならず、最新メディアのコンテンツとして多種多様な〝変化(へんげ)〟を遂げながら伝播し続ける怪談は、世代を超えて私たち日本人を魅了し続ける、不滅の文化であるに違いない。

二〇一八年 夏　気温三十九度を超える酷暑のなかで怪談を愉しみながら

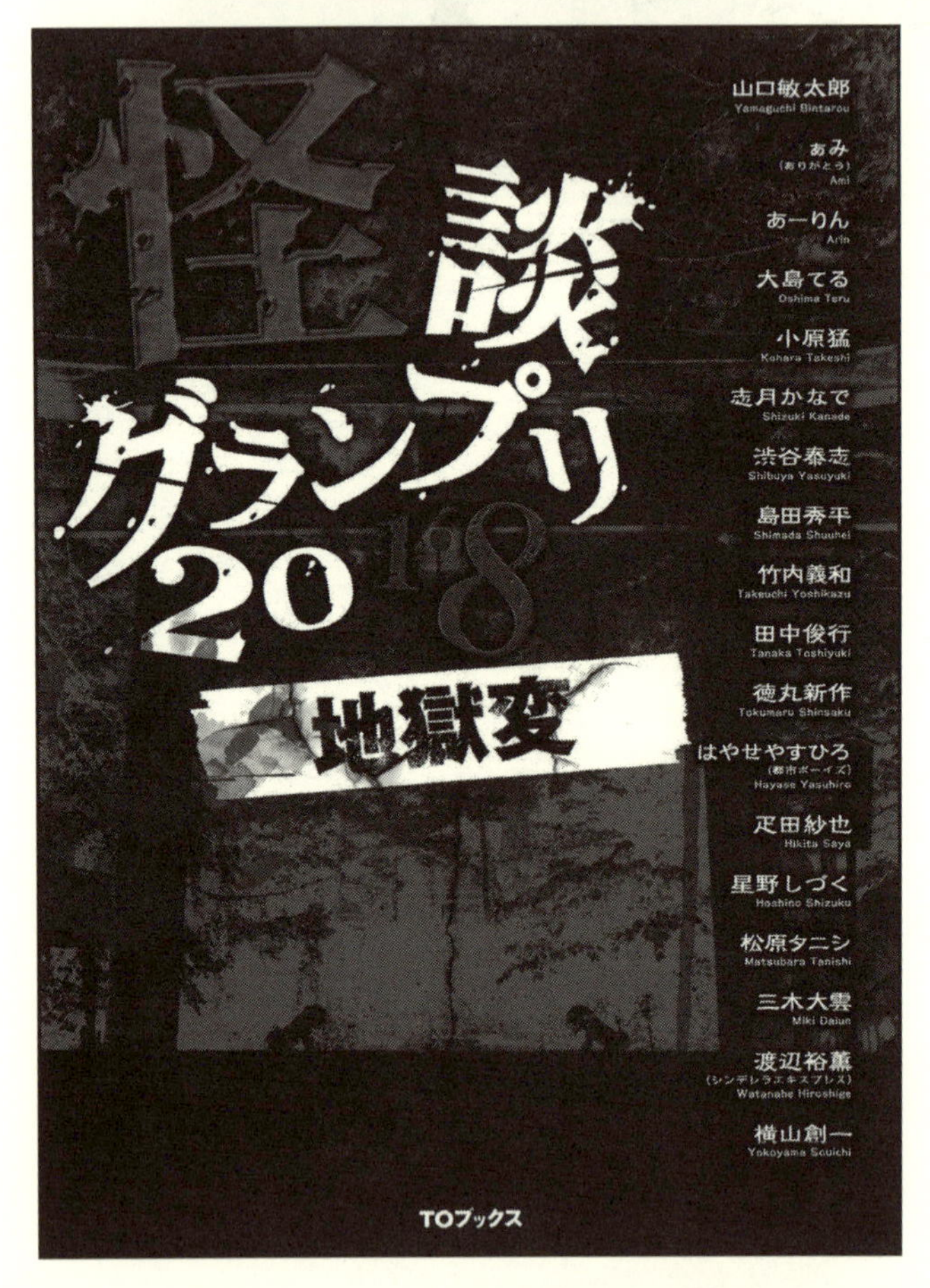
怪談グランプリ2018
地獄変
山口敏太郎
Yamaguchi Bintarou
あみ
(ありがとう)
Ami
あーりん
Arin
大島てる
Oshima Teru
小原猛
Kohara Takeshi
志月かなで
Shizuki Kanade
渋谷泰志
Shibuya Yasuyuki
島田秀平
Shimada Shuuhei
竹内義和
Takeuchi Yoshikazu
田中俊行
Tanaka Toshiyuki
徳丸新作
Tokumaru Shinsaku
はやせやすひろ
(都市ボーイズ)
Hayase Yasuhiro
疋田紗也
Hikita Saya
星野しづく
Hoshino Shizuku
松原タニシ
Matsubara Tanishi
三木大雲
Miki Daiun
渡辺裕薫
(シンデレラエキスプレス)
Watanabe Hiroshige
横山創一
Yokoyama Souichi
TOブックス

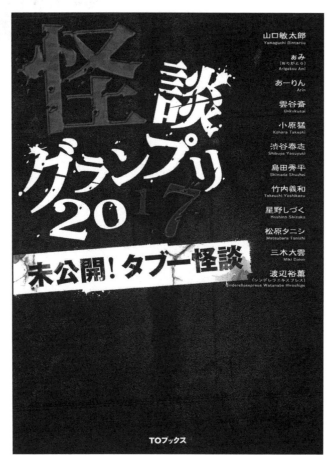

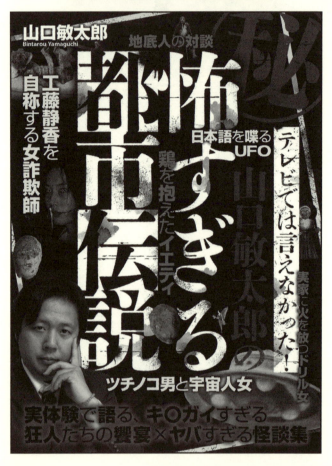

Yamaguchi Bintarou Presents
山口敏太郎の
千葉の怖い話
CHIBA no Kowai Hanashi
山口敏太郎
TOブックス

東北の怖い話
寺井広樹
村神徳子
TOブックス

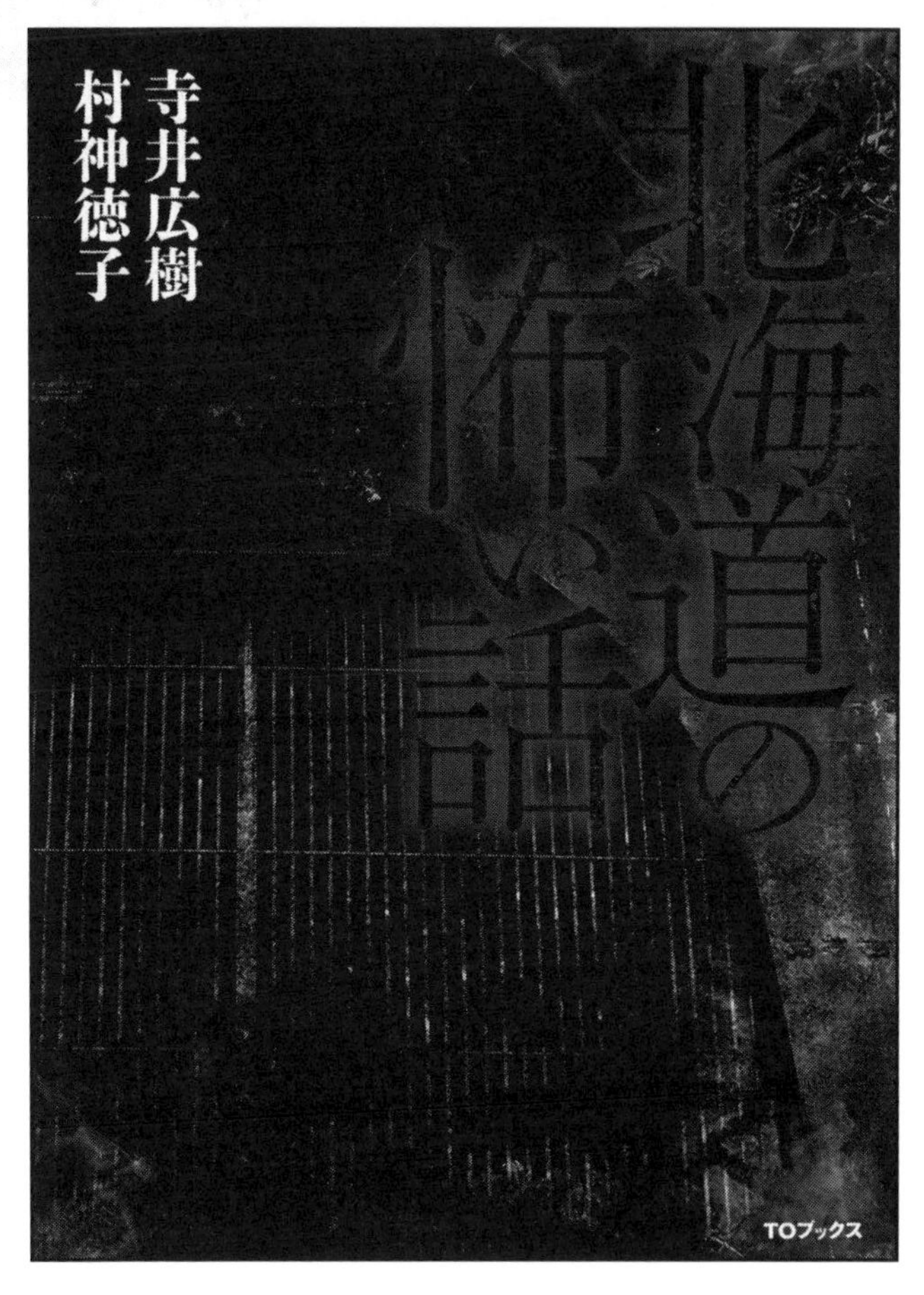

[北海道の怖い話]
著：寺井広樹、村神徳子

夕張新炭鉱、里塚霊園、星置の滝、死の骨の湖……。北の大地には多くの血が滲む…。道内には、今も知られざる恐怖がある……。

［福岡の怖い話］

著：濱 幸成

旧仲哀トンネル、坊主ヶ滝、油山、犬鳴ダム、旧犬鳴トンネル、宝満山、小戸公園、二見ヶ浦、高良山、津屋崎、脊振……。この地を包み込む、身の毛もよだつ恐怖と怪異が今、始まりを告げる……。

最恐怪談師決定戦
怪談王 戦慄編

2018年9月1日　第1刷発行

監　　修　山口敏太郎

著　　者　赤井千晴／浅川渉（ルサンチマン浅川）／あーりん／いたこ28号／大赤見展彦／川口英之（ホタテーズ）／岸本誠（都市ボーイズ）／志月かなで／渋谷泰志／竹内義和／田中俊行／三木大雲／由乃夢朗／小森拓也／渡辺裕薫（シンデレラエキスプレス）／山口敏太郎

企画協力　水野岳彦

協　　力　「怪談王2018」実行委員会

発 行 者　本田武市

発 行 所　TOブックス
〒150-0045　東京都渋谷区神泉町18-8　松濤ハイツ2F
電話 03-6452-5766（編集）0120-933-772（営業フリーダイヤル）
ホームページ　http://www.tobooks.jp
メール　info@tobooks.jp
FAX　050-3156-0508

印刷・製本 中央精版印刷株式会社
ISBN978-4-86472-723-5　Printed In Japan.